翼想本

翼想本

人生售後
服務部
02
SECOND L
AFTER-SA
DEPARTM
千
OOI CHOON LIANG

目錄

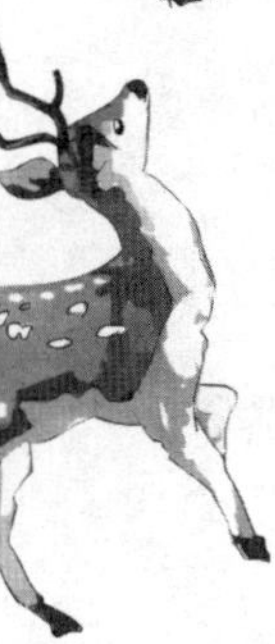

第一章 虛妄的復仇，骯髒的過去

我看過很多電影，那些所謂的談判專家，如何臨危不亂面對種種困難，要自殺的人，或者劫持人質的人，或者各種複雜的政治以及商業談判。

這些影片為我的生活帶來了足夠多的樂趣，是的，僅僅是樂趣而已——而我到現在才發現這一點。

根本沒有在此刻幫助我解決什麼困難，我額頭冒汗地看著站在我面前的少年。

他穿著自治市市立第二高中的校服，米色的針織衫綻開一道裂痕，他的雙手拉著一根粗粗的繩子，在承重柱上繞了一圈後，向遠處延伸。

繩子的另一端延伸到窗外，從我的視野裡，我看到一雙手被繩子緊緊綁在一塊，白皙的手臂已經被窗沿摩擦出傷口，如同超市裡被撕開包裝的鮮肉。

這是第二高中的教學大樓，位於十四樓的芭蕾舞教室。

虛弱的哭泣聲隱隱從那邊傳了過來。「秀明……秀明你……你拉我上去啊，你到底要幹麼……我、我沒得罪你啊……」

「秀明同學，你這樣會很累的，至少，把繩子先固定一下好不好？」我向前踏了一步，舉起雙手表示自己沒有攻擊意圖，同時緊緊盯著他的雙眼，希望能看到他眼裡的猶豫。

但很可惜，他眼裡充斥的只有一片死灰。「她媽媽怎麼還沒有來？」

「她媽媽正在趕來的路上。」

「我快沒力氣了，如果她再不來，就等著給她女兒收屍吧。」秀明說著，有些吃力地挪動雙手，「你也別再走近了，修元哥，否則我就放手。」

「……你有什麼要求，我們可以談談，沒必要這樣。」

「怎麼談？你可以讓我爸別死嗎？你說這麼多，不就是想讓我在最後這段日子裡老實等死嗎？」秀明慘笑一聲後，打斷我之後想要勸阻的話，「別騙我了，我聽到了，他們都說我爸就剩這幾天了，七十歲的老頭子，被卡車撞到能撐到現在已經不錯了，就算他真的能活下來，還怎麼養我這個廢物？複製人連當奴隸的資格都沒有。」

秀明絕望的理由我很清楚，做為目前已經數量不多的第一代連接型複製人，他需要面臨的與新一代獨立型複製人不同，他們的壽命在製造之初，就已經和雇主連接，一旦雇主的心跳停止，連接型複製人便會在短時間內猝死。

而這種方式，在這個複製人被製造出來之前，雇主會需要接受連接裝置的手術。由於當時的技術不夠完善，導致這項手術至今都是不可逆的。

這對複製人而言，等於是一個沒有辦法取消的定時炸彈。

這是當初需要考慮限制複製人的數量，同時為了社會穩定所設置的非人道機制，但在複製人投入生產十一年後便因為《複製人保障法案》的誕生，出現了獨立型複製人後，便被逐漸代替，到了如今，雖然並沒有禁止，但幾乎已經在實質上取消了連結型複製人的生產。

而在當時複製人的製造成本遠比現在高昂，所以可以承擔費用的人本就不多，直接導致當前連接型複製人數量的稀少。

可不論怎麼稀少，終究還是有的。

眼前的王秀明就是其中一位。他做為我第一個獨立接手的特殊客戶，卻出了這樣的事，這讓我感到無比的沮喪和焦慮。

「你父親還有親戚，只要他活下來，他們可以做為監護人來繼承他的財產，這些我們都可以談。」

「先不說我父親活不活得下來，就算活下來……恐怕也只是植物人了吧？」秀明冷笑一聲，用滿是厭惡的口吻說道：「在這種情況下，你讓我和他們一起過生活？得了吧，那群親戚，原本關係就不好，連我爸都不指望他們，否則他怎麼會選擇讓我這麼活著？」

我不由得沉默，王先生在四年前選擇連接型複製人，除了是因為秀明的案子特殊，如果選擇獨立型複製人，申請難以通過之外，恐怕很大一部分原因就是他根本沒有可以託付的人。

如果他死去，沒有基本人權的秀明，如何在這個對他充滿惡意的世界中活下去？僅從秀明之前死去的原因看，他幾乎可以肯定會被排除在複製人工作許可的名單之外，也就是說，他不會在親人死去之後，得到一份可以活下去的工作。

「你總可以選一個相對好一些的！」

「我他媽選這個！」秀明聽到這句話時，面目猙獰地鬆開了手，窗口頓時傳來了恐懼到極點的尖叫，同時人潮驚慌的呼喊也混亂地響起。在我大腦一陣空白的剎那，他的腳踩在地上不斷減少的繩子上，同時雙手重新握緊繩子。

「她媽媽什麼時候來？我說真的，下一次，我不一定還抓得住了，修元哥。」

秀明又問了這句話，我的心臟漸漸抽緊。

秀明是一名複製人，是我已經服務了快三個月的客戶家庭，因為若嵐看他和我相處得還不錯，就將他單獨交給我。

那名已經聽不見哭喊聲的女生，是秀明的同學，我以前也見過，她和秀明接觸不算太多，沒有什麼特別的仇怨，所以秀明對她下手實在讓我想像不到。

一個星期前，秀明的父親因為車禍進了醫院，雖然現代醫療水準確實有了長足的進步，再加上複製人器官的補足，幾乎只要有錢，就不會因為資源不足而失去生命。

但他的父親年紀實在太大，已經七十歲了。

若嵐當時曾經提醒過我，雇主的死去對複製人造成的打擊容易引發一系列的問題。我以為我夠小心了，但事情還是發生了變化。

或者說，這事情從來都沒有變化，它一直就在那裡，可是我視而不見。

二十五年前，真正的秀明因為校園霸凌從自家樓頂跳下的那一刻，原因就已經註定了。

那名女同學的母親早就來了，但我已經打過招呼讓人攔住她不讓她露面。至於為什麼，因為她就是曾經在二十五年前霸凌秀明的一員。用腳趾頭想都知道，如果這位在年輕時做下錯事的母親來到這裡，局面一定會向更可怕的方向展開。

不可以讓他見到那個人。

同時，我依舊想保下此刻陷入絕望而做出瘋狂行徑的秀明。雖然不該這麼說，但我還是很慶幸秀明用這種方式去傷害自己的同學。

因為如果秀明突然死去，在窗外的那名女同學一定會墜落；而在這種情況下，公司沒有辦法發動奈米機器人的殺人電流。

「她媽媽正在趕來的路上，你別急。」

「我不急，大不了就不見了嘛。」秀明嗤笑了一聲，他似乎真的無所謂了，「反正，她下半輩子的痛苦，我肯定是看不到了。」

聽到這句話，我忍不住心裡發緊，「秀明，你不是這樣的人，不管她媽媽以前做過什麼，她總是無辜的吧？」

「是啊，她很無辜，可就是無辜才會讓人心疼不是嗎？如果不夠疼，那我做這些事不就沒意義了嗎？」

「……」

「那些人逼死了真正的秀明，所以才有我，我本就不該出生在這個世上。好在每個人只能被複製一次，這一次，是該真的結束了。所以在這之前，如果非要找一個複製我的意義，那我覺得我現在做的就是了。」

為了保證複製人的數量以及不被濫用，複製人生產在最初就已經定下了「一個身分一次複製」的原則。可即便如此，複製人低人一等的現狀依舊沒有任何改變。

「這不該由你來做，也不該是這種方式。」

「那該由誰來？用什麼方式？」秀明盯著我，語氣裡洋溢著尖銳的譏諷，每一個字眼如刀一般鋒利，「那個已經死了二十五年的人嗎？至於方式，是沒出息地嗚嗚咽咽去找老師，最後在老師的逼迫下讓幾個國小生互相道歉，從此友好相處嗎？」

這個問題彷彿是對整個社會的質問，我自然也沒有能力回答。這世上不合理的事情有很多，這問題只不過是眾多無解問題中的一個而已。

「你猜猜我當時知道她媽媽是誰的時候，心裡是什麼感覺嗎？一個叫做秀明的孩子死了，但傷害他的人都活得好好的……」秀明的臉逐漸變得猙獰，他咬牙切齒，近乎歇斯底里的恨意讓那一個個字眼從他的牙縫裡蹦出來，寒意森然。「一個個都活得好好的，有幾個竟然還越混越好了！憑什麼？」

「他們都對當年的事感到後悔，秀明，當年有四個學生直接被開除了，他們在當時也得到了懲罰，因為霸凌而讓同學自殺的事將會影響他們一生，就算是現在也一樣。」

「所以他們就該被原諒嗎？」秀明哈哈一笑，晃了晃手裡的繩子，「那你們也原諒我一次行不行？」

不行，這個方向不對。

意識到問題之後，我決定換一個重點，「秀明，你覺得你現在躺在病床上的父親，他會希望你這麼做嗎？」

「……」秀明聞言，微微一怔，雖然僅僅是一瞬間，我依舊看到他眼裡的掙扎。

突破點在這裡！

我在心中暗自捏了把冷汗，悄悄地把左腳移了半步，同時嘴裡說著也許可以動搖秀明的話，「他在四年前的申請裡，那個請願書，在裡面誇你是個溫柔的孩子，重複了至少四次。」

秀明聽到這句評語，他的神情變得陰晴不定，人也一下子沉默起來，「……」

「他用自己近十年平均繳稅四十萬而得到的社會信用額，來擔保你的無害，否則複製已經自殺的人，再加上他的年齡，要在二十年後讓你誕生，是一件很困難的事，他在當時幾乎付出了一切可以付出的……他連把未來的養老金額度都押上了，就為了給你做擔保！」

「那又怎麼樣，反正他要死了不是嗎？」秀明咬牙切齒地低吼，他拉著繩子的手開始顫抖，「那錢他已經用不到了！」

「這是錢的問題嗎？」雖然教育並不是我的目的，但此刻我也忍不住大聲起來，「他付出全部來相信你！信任你，你是就這麼回報他的？」

出乎意料，當我這句話說出口後，秀明眼裡卻驀然迸發出一種扭曲的恨意，他歇斯底里地對著我尖叫：「少他媽說得那麼冠冕堂皇了！你給我退回去！當我瞎了嗎？」

我在他說話的時候又向前移動了右腳，這一次卻被他喝止了，只好無奈地收回右腳的半步，至於之前左腳的半步，我卻沒有動，好在秀明沒有在意。

「信任？哈哈哈哈哈哈……」秀明發出如夜梟一般詭異的笑聲，笑聲近乎哭泣，「這個詞發明得真好啊，可歸根究柢，不就是不負責任地將所有事讓別人獨自背負嗎！」

笑著笑著，秀明的眼角流下淚來，他的雙眼無神，近乎夢囈般地說道：「我不要他相信我，我是要他在我活著的時候幫我啊……」

也許是他真的累了，也許是他分心了，也許他真的不想再去思考那些痛苦了。

總之，我最害怕的事情發生了。

他的手鬆了開來……

「靠！」

我忍不住怒吼了一聲，大腦一片空白，只是憑著本能衝了出去，眼裡只剩下那條迅速繞過柱子並向窗口處縮短的繩子。

從秀明身邊擦肩而過時，他沒有攔我。

可即便如此，我僅僅用右手抓到了繩尾，卻被已然出現的下墜力道拖得抓不住，在我被扯得摔倒、手掌傳來一陣火辣辣的摩擦之後，繩子迅速消失在我的眼前，窗外隱隱傳來眾人的尖叫……

我痛苦地躺在地上，閉上了眼。

醫務室。

少女並沒有死，甚至沒有受到太多的傷害。

在詢問之後，我瞭解了原因。在我和秀明下一層樓的窗戶中，伸出了兩根纏著好幾層網球網的竿子，接住墜樓前就已經昏過去的少女。

而指揮這個行為的，是不知道什麼時候來到現場的若嵐。秀明被奈米機器人的電流擊暈，聽若嵐說，可能會在近幾天進入回收流程。

「目前也沒有造成什麼不良後果……嘶！這藥水有點疼啊。」我的手腕因剛才摔倒而受了傷，學校的校醫正在幫我做簡單的消毒處理，「不能再商量協調一下？」

「和後果無關，品質有問題的商品自然是要送回原廠處理的。」若嵐搖搖頭，瞥了一眼我手腕的傷口，皺了皺眉。「如果一家汽車公司製造出來的汽車，被發現剎車有可能失靈，即便沒有造成人員傷亡，一樣是要回收的。」

「可這是條命！他……」

「那又怎麼樣？」若嵐不耐地打斷了我的話，她眼神銳利地盯著我，「生命憑什麼要被特殊對待？」

憑什麼？

我被這個問題氣得有點樂了。「妳不覺得妳問的這個問題只會顯得妳這個人有很大問題嗎？」

也許是被我如同繞口令一般的話弄得有點暈，若嵐愣了一下，然後哼了一聲。「你以為我在跟你抬槓嗎？」

我呵呵一笑，不做答覆，只給了她一個「大姐妳裝傻嗎？」的表情。

「你今天早上吃的是什麼？」

她問這個幹什麼？

我想著這個問題，一時間倒是忘了生氣，「家裡媽媽做的早飯，怎麼了？」

「吃了哪些食物？」

「就是飯啊，荷包蛋啊，培根啊，捲心菜啊什麼的。」

「喔，那你覺得，這些食物奢侈嗎？」

「我覺得不錯啊……但也沒到奢侈吧，況且一頓普通的早飯吃那麼奢侈幹麼。」

「但你吃的這些東西，在幾個世紀之前卻可能都是奢侈品，普通的平民百姓可能一年也只能吃一次肉而已。」

「妳到底想說什麼？」

「這些食物之所以現在可以這麼便宜，讓大家都吃得到肉，是因為它可以被製造，而且製造的成本不斷降低……所以你為什麼覺得生命這東西就可以例外呢？從可以被製造出來開始，複製人就和你餐桌上的培根沒什麼兩樣。」

說到這裡，若嵐有點疲憊地揉了揉眉心，「讓你單獨應付這種特殊的連接型客戶，確實早了點，從今往後我還是也跟進比較好。」

我聽到這話，也一下子沒有心思對若嵐的比喻提出異議了，只有一種無力感自心底浮起。

不管如何，這個事件是在我負責的複製人身上誕生的，從一開始沒有注意到秀明的異常，導致事態向失控方向發展是我失職。

「我的女兒已經送去醫院了，你們以為我會讓你們好過嗎？」一陣歇斯底里的叫喊從門外傳來，醫務室的門被粗暴地推開，「有問題的狗不好好牽著還送來學校！我要告你們！」

走進來的是一位身材削瘦，個子也不高的中年女士，她穿著一件灰色的西裝，踩著高跟鞋，用挑剔的眼光掃了我和若嵐幾眼，惡聲惡氣，如同審犯人一般的口吻。「就是你們嗎？哪個管複製人沒管好，害得我女兒出事的？」

「找你的。」若嵐向我挑了挑眉，然後不等我反應，直接走向門口，由於門口有些窄，她在那位女士面前停住腳步，語調裡透著一抹漠然，一下子讓中年女士興師問罪的氣勢微微一滯。「借過。」

或許是若嵐的態度讓中年女士摸不準她的身分，又或許是若嵐身上散發的冷意和鋒銳讓中年女士感覺到這個女人不好惹，導致她竟然在門口退了半步。

僅僅半步，若嵐就毫不猶豫地穿過她的身邊，乾淨俐落地直接離開。

她這麼做是挺帥的，但把麻煩丟給我是什麼意思？當然，我也不能否認，這件事確實應該由我負責。

可從頭到尾，最終釀成了這樣的結果，讓我此刻充滿了負面能量。

我深深地吸了口氣——

修元，忍耐，這是工作，禮貌地應付過去就好了。

當我看到中年女子將目光轉向我，頭皮正感到發麻的同時，我注意到了中年女子襯衫最上面的釦子沒有扣上，導致兩邊領子有點不對稱……

我似乎聽到了「啪」的一聲，心裡有什麼東西一下子被繃斷了，煩躁開始染上本就無比負面的內心。

腦海中浮現秀明那慘然的笑容，一股無名火霍然湧了上來。

「喔，實在對不起，這次確實存在公司方面的管理責任，我為我沒有及時擦好某些人在二十五年前就不乾淨的屁股感到抱歉。」

我用公式化的語調，表露出對某些人的不滿，當看到那個女人在短暫的驚愕，一瞬間化為滿臉通紅的羞怒時，我不由感覺到了一絲快意。

「你……你在說什麼？你想說這次的事都是我的錯嗎？」

「您誤會了，我沒有教師資格證，也沒有想要教育您分辨對錯的心思，我只是在遺憾這次被掛在樓上的被害者而已，遺憾的點在於被害者不是某些該死的混球，卻是一名無辜的少女。」

說完這句話後，我拍了拍已經替我的手做好消毒措施的校醫肩膀，道了一聲謝，然後踏著沉重的腳步走到那個女人面前，可能是因為我走得太快，讓那個女人感到了威脅，這讓她猶如一隻被激怒的野獸，但看上去還保持了最後一點理智，至少她不敢衝上來撒潑般地動手，她只是尖聲朝我咆哮：「這件事是你負責的吧？我要投訴你！」

我在她身前立定，心裡的厭惡越升越高，忍著踹人的衝動，「投訴？您是我們公司的客戶嗎？」

「呃……」女人的表情一滯，但隨後怒道：「不是客戶就不能投訴嗎？」

當然可以啊，但最終結果肯定是沒人會鳥妳啊蠢貨……

況且第二人生公司本就不是單純的服務行業，就目前來說根本不愁生意，雖然說不上店大欺客，但也不會有隨便一封投訴信就能讓公司上下焦頭爛額的事了。

也許是從我的表情裡看出了些什麼，女人好像明白自己問了一個蠢問題，但她沒有放棄，咬牙切齒地對我說道：「你給我等著，這事還沒完！這件事毫無疑問地是你們公司存在嚴重的過失，你們就等著收律師信吧！」

這個女人到底為什麼有臉皮能說出這種話？

因為剛剛頂了幾句，火氣有點下去的我頓時感到了怒意，我冷冷地瞪著她。

「我就先不說這種官司您能不能贏，但比起找我們的麻煩，您最好先把自己家裡的問題搞定。」

憑良心說，這個討厭的女人並不愚笨，她在微微一愣之後，竟然壓下了火氣，冷聲詢問：「……你什麼意思？」

「您那正送往醫院的女兒那邊，怎麼解釋？」

中年女人的臉色一陣青一陣紅，尷尬和羞憤開始爬滿她的臉。

而這一瞬間，我突然意識到這個女人如此肆無忌憚地瘋咬並不是沒有理由的。她是因為心虛，所以想把所有的責任推到別人身上後，面對女兒自然就可以生出很多理由來解釋。

比如，是公司沒有做好管理工作，比如，是那個複製人本身就不正常……總之，她沒有做任何在道德上會被人指責的事。

因為之前的煩躁和怒火，讓我一下子沒有猜到這個女人的心思。而現在猜到了，我自然不會放過這個軟肋。誠如之前這個女人所說，如果要打官司，無論輸贏，恐怕都會讓公司覺得麻煩。況且，我是真的不喜歡這個聰明但用心卻自私到了極點的女人。

所以我決定再補上一刀。

「經過這件事，您的女兒恐怕也不能再待在這間學校了吧？那些風言風語會讓她的生活備感壓力，也會直接影響您和她的母女關係。」

「你到底想說什麼！一個男人廢話這麼多！」

「我由衷地希望您的女兒以後不會在信箱裡收到關於她母親過去的汙點紀錄，以及二十五年前自殺案的檔案紀錄……我還有當時的現場照片呢，您要不要看看？」

「……你卑鄙！」

「用謊言來塑造自己的光輝形象，到底是誰卑鄙？如果您覺得我的說法很卑鄙……您可以和女兒坦白一切，而我也會對之前的失禮向您致一萬分歉意。」

女人頓時沉默了，可她的目光還是死死地盯住我，眼裡的怨毒讓我知道——這個女人恐怕沒救了。

她沒有那份勇氣，想想也是，她來這裡撒潑找麻煩，本就是因為自己的懦弱，以及不敢面對女兒的恐懼。

我嘆了口氣，「用卑鄙的做事方式，就註定會被卑鄙地要脅。飯前便後都是要洗手的，結果您不僅屁股沒擦乾淨，現在上桌吃飯手也不肯洗乾淨，那還怎麼上桌子捧飯碗？反正，我是肯定不喜歡和不洗手的人吃飯的，太髒，倒胃口。」

說完這句，我便擦過她的身邊離開，但當我走開沒幾步，女人就叫住我。「你就這麼走了？什麼說法都不留下，是要幹什麼去？」

我轉頭對她呵呵一笑，但心裡卻充滿了疲憊和今天積累下來的挫敗，「我去洗手，至於說法……女廁就在一樓，建議您也去洗洗。」

隨後，我便再也不理她，當我走上通向二樓的樓梯，便聽到了走廊裡傳來由低到高、歇斯底里的尖叫聲。

第二章 不堪的往昔，離譜的專務

不知道是不是看出了我的情緒問題，若嵐很罕見地沒有增加工作給我，讓我在下班前一個鐘頭就做好了所有的事，所以自然也沒了加班。

電車裡滿是空調的氣味，混著雨傘上的溼意不斷瀰漫，車廂裡沒有什麼人說話，大家都低頭看著手機，或者打瞌睡。

我看到一位頭髮花白的大媽擠進電梯，來到我面前後，我便將位置讓給她，在她連聲的稱謝中，我下了車……雖然還沒到站。

因為我並不喜歡一直被她稱謝，只是讓一個位子而已，過於誇張的禮節只會讓我感到社交上的壓力，之後便脫口而出了一句「我下一站就到了」。

而為了證明自己沒有說謊，只好在她的注視下下了車。但在五分鐘後我看到電車延遲通告，就有點後悔為什麼要說那個謊。

最糟糕的是，電車什麼時候來，卻沒有告知。我略帶煩躁地看了一眼外面陰沉的天空，不知為何，兒時被人欺負的記憶再次浮現。那嘈雜的聲音如同雜草種子一般迅速蔓延在腦海之中。

「修元連泥巴都不敢玩！」
「邋鞦韆是女孩子玩的！」
「喔喔！修元沒媽媽嘍！」
「修元打人！告老師去！」
「雖然這次是他們不對，但修元，無論怎麼樣都不能打人喔！」
「但老師，你上次也和他們說無論怎麼樣都不能欺負人的。」
「呃……老師會管他們的，總之，下次再這樣，你就來告訴老師。」
「為什麼？」
「正義會遲到，但永遠不會缺席。」
當我回過神來，卻發現自己來到了當初讀的小學附近的公園裡。我看到雨中的亭子，和不遠處的鞦韆，最終還是往涼亭走去，用手帕擦拭了之後，在涼亭的石椅上坐了下來。

還沒等我喘口氣，褲子口袋裡的手機便開始震動，我看了上面的來電顯示，是若嵐。

「喂，怎麼了？」

「嗯，就是和你說一聲，關於今天那個複製人的。」

我心裡一緊，雖然知道結果可能不大好，但終究還是抱了一絲希望，「內部審查結束了？怎麼那麼快？結果怎麼樣？從情節上看，我覺得應該還是有斟酌的餘地。」

「沒有結果。」

「什麼意思？」我微微愣了一下，追問：「那什麼時候會有結果？」

「不會有結果了。」

「啊？」這個回答讓我不知道該如何反應。

「十分鐘前，醫院來電通知，王連升去世了。」

王連升是秀明的父親，他的死亡，代表了另一條生命也必然走向終點，而這幾乎是每個連接型複製人的宿命。

我心裡覺得悶得慌，一開始還期望內部審查能盡可能的延遲，就算審查了，也希望是不追究的結果。

而正因為這個不追究的可能低到微乎其微，我甚至一度希望審核程式可以無限期延遲下去。

但現在，當我聽到若嵐說「不會有結果了」的時候，卻湧起一股強烈的不甘心，「這就是不審查了的意思嗎？」

「他死都死了，還查什麼？」

「我只是想知道他能不能活下去。」

「這個問題沒有意義，他已經死了，公司的人力不會浪費在這種註定改變不了結果的事上。」

「可現在這樣，就好像……就好像他該死一樣。」

「你還有別的問題嗎？」

我聽出來若嵐的耐性已經耗盡，於是低聲說道：「沒有了，謝謝。」

雨淅瀝瀝地下著，將散不去的鬱氣落入心底。

我想著秀明最後蒼白著臉，眼裡的絕望和怨憤，他在最後的最後沒有留下對這個世界的一分好感。

原因是在二十五年前秀明等不到應該來的正義，而二十五年後的今天，另一個秀明得到的是遲來的正義，以及更絕望的未來。

遲來的正義，等於打折的正義。而正義本身，是不可以打折的。

秀明不該那樣死去，也不該這樣活著。

當我回到家，打開房間後，便開始發洩一般地擦起了地板。這是我從十二歲開始就有的習慣。

「啊……老哥你心情不好啊？那順便幫我房間的地板也擦一下唄？」

這一點良知都沒有的聲音來自於校園優等生，家庭癩皮狗的蕊兒。我不理她，她也不在意，直接穿著拖鞋就走進來。

「喂喂喂！那裡我才剛擦，把拖鞋給我！」

「喔。」她腳隨意地一甩，那一只拖鞋迎面而來拍到我的臉上——

「嗷嗷嗷嗷！鄭蕊兒！妳這是要死啊！敢用這麼髒的鞋底砸我的臉！」

「我又不是故意的，不要那麼小氣啦！哈哈！」

「妳是故意笑給我聽的吧！今天讓妳見識一下什麼叫大義滅親！」

「要不要我先給你示範一下大義滅親？」

老爸冷不防地出現在我房間門口，惡狠狠地瞪著我，「你敢動她一下試試？」

「老爸，我到底是不是你親兒子啊？」

老爸抓了抓頭，臉上露出沉思的表情。

「這你都要想？」

「好了，真煩，就算是親生的好了。」老爸露出一臉嫌棄的表情，彷彿有我這麼一個兒子是他人生一大汙點，「你給我買草莓牛奶去，冰箱裡的快沒了。」

……你生兒子就是用來給你買草莓牛奶的吧？

被他們這麼插科打諢般的搗亂，我的心情好不了，火氣自然也降不下去，但比起之前，終究少了一份鬱悶之氣。

本著轉換心情的態度，我就去了中屠的店裡，剛好看到一位女生對中屠鞠了一躬後，就打開店門離開了。

中屠哭喪著臉，讓我知道他又沒留住自己的員工。

我走近最裡面的飲料櫃，一邊往籃子裡裝草莓牛奶，一邊嘆著氣，「你以找老婆的方式招員工，怎麼可能留得住人啊大哥……不告你職場性騷擾就不錯了。」

「瞎說，我是以招員工的方式找老婆，你不要弄錯了！」

「……有區別嗎？」

「目的根本性的不同好嗎？找老婆比較重要！有了老婆誰還開這家破店。」

「……某種意義來說，你這種態度還能把店開到現在也真是奇蹟了……中屠……」

「幹麼？」

我把籃子放在便利商店窗邊的桌子上，然後自己拖了張椅子坐下，「我在你這裡待會可以吧?」

申屠一愣,「可以是可以啦,怎麼了?」

「……看到你會比較輕鬆,會覺得自己也不是那麼失敗的人。」

「你是在誇我吧?可不知道為什麼有一種想要和你單挑的衝動。」

「哈哈哈哈……」

我笑著,卻發現申屠憐憫地看著我,不由止住了笑聲,「怎麼了?」

「笑不出來,就別勉強自己笑,難聽死了。」

「……」

和申屠聊完後,我便回家了。沉默地梳洗了一下回到房間,昏昏沉沉地睡著,卻作起了夢來。我夢到小時候在操場上的那次打架,我被打得很厲害,卻始終不肯服輸,咬著牙和三個同學糾纏,甚至到了上課我都不願鬆手。

可到後面終究是累了,讓三個已經不耐煩的同學就此離去。沒想到卻聽到一個童聲出現在我的身邊,我瞇眼看去,卻看不清人影。

「大哥哥你為什麼不跑啊?他們有三個人呢。」

「他們都討厭我，我不想……最後連自己都討厭自己。」

曾經忘卻的記憶，竟然在夢境中再次浮現。

我睜開眼，看著一旁的電子鐘，上面顯示著淩晨三點。我發著呆，良久，問了自己一個問題——

你現在，討厭自己嗎？修元。

過了一個禮拜，就到了發薪日，做為正式工作半年後的一份薪水，我覺得今天很有紀念意義，所以在公司食堂裡，點了一份午餐外，還加點了一份起司蛋糕做為飯後甜點。

這半年來我漸漸開始熟悉了公司的工作氛圍和節奏，若嵐使用「乖學生」的頻率也已經減少，至少近一個禮拜我沒有聽到了。工作裡遇到的一些事也漸漸開始學會怎麼用複製人的角度來應對。

雖然依舊改變不了我是個新人的事實，不過程源已經樂呵呵地說我可以算是公司裡的戰力而不是累贅了——雖然他的評價也不怎麼讓人高興就是。

「今天發薪日，晚上大家出去聚個餐？我記得公司附近新開了家西餐廳，聽說那裡的飯後甜點不錯。」

因為和大家熟悉了，所以這次吃飯我們在中央的大桌子上各自進食，偶爾會說幾句話，但從許渝媛嘴裡冷不防地冒出這句話，讓我的心情蒙上了一片陰影。

要聚餐妳早說啊！現在才說？怎麼對得起我的起司蛋糕？

「渝媛，妳這麼喜歡吃甜點？妳就是為了甜點去的吧？」

「不！我是看修元在吃甜點，所以我覺得他應該會喜歡！對吧修元？」

出現了，這公司果然有這種下頓吃什麼直接用硬幣來決定的類型！

吃飯這種事，一天三頓，屬於時常要面對的問題，按照道理，不是應該計畫好一個禮拜吃什麼，來做一些合理的搭配嗎？

先不說營養以及預算什麼的，首先在公司前三天狂吃麵、後兩天狂吃炒飯的行為無疑是不合理的。

也許有人會說那麼單調的吃飯方式還能保持下去，就說明這個人不是一般地好養，根據進化論的說法，他肯定是最容易活到世界末日的。

可問題是，連吃飯都沒追求，連挑食都不會，那做人和做豬有何分別？尤其豬還那麼髒……不行，簡直沒法忍！

「呵呵。」

「鄭修元！好好說話，你是想打架嗎？」許渝媛面對我的回應，如同一隻炸了毛的貓，五顏六色的指甲對我做張牙舞爪狀，看上去一點威懾力都沒。

她現在跟我很熟了，而在我進公司的第二個禮拜我們就開始互相暴露自己的屬性。她稱我為「強迫癌晚期智障患者」，這名號又臭又長，哪有我稱她為「視野破壞者」顯得更有殺傷力。

「拜託妳把手放下！這種一點都不對稱的指甲拿出來，簡直就是禁忌的化學武器！妳還有沒有良知！知不知道聯合國是有反人類罪的？」

「化學？這是讓你吃的還是讓你聞的？這效果和化學沾得上邊嗎？」

我攤了攤手，將目光掃向別處，來減輕她的指甲對我造成的心靈傷害，「抱歉抱歉，那改成『視覺汙染』是不是好一點？」

「去死！」許渝媛頓時大怒，作勢對我撲來，而我的一隻腳已經放在外面，準備隨時跑路。

「咦，這裡挺熱鬧啊，我也來加一個好不好！」正當要陷入混亂，突然從遠處傳來一陣隨意的招呼聲，我轉頭看去，發現是一名穿著黑色西裝的男人。

按理來說，穿著西裝的男人，總會給人一種規規矩矩，無論站立走路說話還是別的什麼，都會透著一股正式的感覺。

可現在這位穿著西裝的男人卻給人一種吊兒郎當的感覺。首先，他的西裝一顆釦子都沒扣，領帶鬆鬆垮垮地繫在胸前，太陽眼鏡被他頂在額頭，滿臉玩世不恭的笑容，頭髮燙得微鬈，一縷彎曲的瀏海在左側額前垂下。

這男人約莫三十歲出頭，整個人的氣質彷彿一隻處於發情期的孔雀，如果在夜店他可能是受歡迎的類型，可在我們公司裡，卻讓我感覺氣質不符。

而重點是，這個男人我見過。上次就是因為這個男人，若嵐才沒有進一步逼迫潔雯。我那時候就懷疑這個男人的身分，卻沒想到會在這裡見到他。

「林專務好。」

「老大好！」許渝媛好像小太妹一樣對他敬禮。

大家都很隨意地坐在桌上朝男子打了聲招呼，但聽在我耳朵裡不由有點緊張。專務？

是董事會裡的人嗎？那可是一條超粗的大腿啊！不過按照這個公司的風格，董事會裡會有這種吊兒郎當的類型嗎？你看這一桌人好像根本沒怎麼把他放在心上啊。

「好個鬼，我又被甩了！看來今年我即將迎來人生的第五十次失戀。」

林專務氣哼哼地，當他的視線在桌子上掃了一圈，看到若嵐後，眼睛微微一亮，「喲！小妹好久不見！想不想我啊！」

若嵐站起來，拿起自己的餐盤，淡淡地說道：「我吃飽了，大家慢用。」

小妹？我眨了眨眼，感覺若嵐和林專務的風格差得有點大。

若嵐走得乾淨俐落，沒有一點留戀，桌上的氣氛頓時有點尷尬。但林專務好像沒有太在意，看他那樣子可能是習慣了，他隨意指了指遠去的若嵐，詢問我們，

「她最近怎麼樣？還行吧？」

程源連忙點頭，然後向我一指，「喔，比前段時間好一些吧，畢竟她這一組總算不是她一個人了，修元會幫她的，專務你放心。」

「喔，還是給她分配人了啊，那就好，這次總算沒敷衍我。」林專務轉頭看向我，然後哈哈一笑，「你好啊，上次見過面，這次就自我介紹一下？」

「啊。」我連忙站了起來，站起來的時候還因為太倉促，不小心碰到椅子，讓椅子發出一陣劇烈的摩擦聲，「我叫鄭修元，半年前才剛進公司，林專務您好，半年來竟然沒有和您打招呼真是……」

「不怪你，是我常蹺班而已。」

大哥，你這麼一臉得意地對下屬說這句話是不是有點缺乏常識啊？

我覺得自己的笑容變得有點僵硬。

「不用緊張不用緊張，反正我也不是什麼好人……」

「……」

「……」

氣氛突然變得更尷尬了，林專務乾咳了兩聲後，說：「反正隨意就好，沒事，太拘謹搞得我也緊張，我叫林蕭然，是第二人生的專務副董事，有事找我就好。」

他拍了拍胸脯，用彷彿地區老大對剛加入的小弟說「以後大哥罩你」似的口吻，來對我做一種很奇怪的保證。

而聽到他的話，我頓時想起那天在劉顯成家外監視時，若嵐說的全公司最不靠譜也是最年輕的董事，名字就叫做林蕭然。

他確實有種給人超亂來的感覺，我對這種類型的人最沒轍了，確切地說，當這種人是我的上司的時候，我會非常頭大。

「方不方便聊聊？」

聽到這句話，我猶豫地看了一眼在桌前的起司蛋糕，最終還是點點頭，跟著林蕭然來到他的辦公室。

出乎意料，這個很亂來的人辦公室卻打理得很乾淨，所有的東西和檔案都整理得井井有條，皮沙發也擦得發亮，沒有絲毫的褶皺，保養得很好。

「隨便坐。」林蕭然走到一邊的咖啡機那裡，「能喝咖啡吧？我給你煮一杯，上禮拜我剛好弄到了一包衣索比亞的咖啡豆，你運氣不錯……」

「謝謝，不用那麼麻煩。」我坐下來後，道了聲謝，並且拒絕，可看到他隨意地擺擺手，一副堅持的樣子，我也就不說話了。

「若嵐是我妹妹，感覺如何？」林蕭然突然轉頭，露出一臉男人都懂的笑容，很猥瑣地抖動著眉毛，「很正點吧？想不想追追看？」

這到底是個什麼人啊？這傢伙的奇葩之處在某種程度上已經超過了若嵐有一位董事會成員哥哥帶給我的震驚了。

我本來還有點在意若嵐的特意隱瞞，但現在我已經充滿理解並滿是同情了——有這種哥哥真的會覺得生無可戀。

「若嵐只是我的工作前輩，她是一位很優秀的女性，我並沒有專務您想的那種企圖心。」一面對這種人，尤其還是上司，我只能以最安全的回答方式來應對。

但沒想到這句話還是讓林蕭然不悅了，「你的意思是我妹妹不夠漂亮嗎？」

「……我沒說這種話啊，也沒這個意思啊。」

「至少有『她還沒有漂亮到讓我非追不可的地步』的意思吧！」

這是什麼亂七八糟的強詞奪理啊！

我被面前這個人的思考回路震驚了，但因為他是公司董事，我也不太敢頂撞，只好結結巴巴地狂拍馬屁：「沒、沒這回事，她很漂亮，很漂亮，也很有氣質，很能幹……如果有這樣的女友確實是一件很幸福的事。」

不，我的工作裡有她就足夠了，如果進入我的生活，我的完美生活計畫絕對會變成千瘡百孔！

我對自己的用詞感到很羞愧，乾巴巴的，直白而沒有計畫性，如果可以讓我提前五分鐘打個草稿，不僅可以讓聽的人滿意，也不會有這麼狗腿的感覺。

但林蕭然對我的話好像很滿意，笑嘻嘻地將煮好的咖啡放到我面前，「這就對了，老實說才像個男人嘛！」

我以為若嵐就已經夠沒計畫了，現在發現她簡直就是出淤泥而不染的蓮花，你們老林家的亂來根本是一脈相承。

「謝謝。」我僵硬地捧起咖啡，已經不知道該做何表情了。

「喂。」他走到我旁邊，一屁股坐到我身旁，用手勾住我的脖子，一副哥倆好的姿勢，「你有沒有妹妹啊？」

我拘謹地說道：「有一個。」

「你一定很愛護她吧？」

我忍不住瞥了他一眼，心想這傢伙不會是個幼女控吧？「呃，一般兄長都會做到的程度吧。」

「喔，那麼接下來的話我相信你應該可以理解。」

啊？

我正茫然著，突然發現自己被他拎了起來，同時手中的咖啡被他另一隻手奪去，重重地放到桌上，發出「啪」的一聲。

然後林蕭然惡狠狠地把臉湊近，死死地瞪著我，「不許對她出手！出手的話我真的會弄死你！」

他另一隻手在一邊使勁握拳，發出骨節爆裂般的「咯咯」聲。

這是在問我「砂缽大的拳頭你見過沒啊」的意思嗎？

……這人腦袋有病吧？我剛才說不想追你要生氣，我說如果有這種女朋友就好了你更生氣，專務啊，你這裡到底有沒有安全的正確答案啊！

「呃，我沒這個意思，一點意思都沒有。」

「你是說看不上她的意思嗎？啊？小子你很有種嘛！大哥我欣賞你！」林蕭然露出了危險至極的笑容，讓我忍不住背脊發涼，「這年頭不怕死的好漢真的太稀少了！」

達爾文的進化論怎麼說的來著？

對，適者生存。

感覺到生命危險的我發現自己的腦子在這一刻轉得不是一般般的快，連忙說道：「沒有，沒有，是自慚形穢，自慚形穢啊！這是女神吶！哪有這麼好追的？專務你知道啥叫女神嗎？」

林蕭然一愣，「什麼叫女神？」

「就是一看過去，馬上知道這輩子你鐵定沒戲的那種。」我一本正經地胡說八道，但卻莫名地覺得好有道理。

林蕭然恍然大悟地鬆開了手，然後發出一陣很魔性的狂笑，使勁拍我的肩膀，「沒錯沒錯！你還是很懂事的嘛！我會給你加薪的！加薪！」

這樣就加薪？竟然讓這種人進董事會，第二人生那些大老是不是覺得管理公司太無聊，想找點破產的危機刺激刺激生活？

「謝謝，謝謝，我會加倍努力工作的。」我乾笑著附和，只感覺到自己被狂拍的左肩已經沒了，觸感在那一塊完全是麻痺的狀態。

「工作？那種差不多應付一下就行了。」

「啊？」我不由得瞠目結舌，只覺得人生觀盡毀。

「你的主要任務，是當我妹妹的工具人。」林蕭然一臉嚴肅，按住我的肩膀，一副天降大任於斯人也的表情，「你要好好做！」

專務啊，臉是個好東西，我們能留一點嗎？就留一點！

我表情木然地點點頭，徹底沒了反抗的打算。遇到這種終極死妹控有什麼辦法？這根本講不通道理，和天災的性質是一樣的。

碰見了，除了祈禱和逃跑，沒有別的辦法。

「很好，你不錯，我很看好你。」林蕭然很滿意，然後指了指剛才放在桌上的咖啡，「咖啡要涼了，喝點，喝了咖啡，就算你入夥了。」

這彷彿吃了老婆餅就是老婆的既視感是怎麼回事？

但事已至此，為了我能毫髮無傷地走出辦公室，為了我未來的工作環境能少一點麻煩，我不準備對他目前的話有任何反對意見，因為這傢伙顯然不會聽。

當我抿了一口咖啡，腦海中的回憶開始變得鮮明，若嵐的聲音在我耳邊清晰地迴蕩……

「如果給你倒一杯咖啡，他會往裡面加半瓶七味唐辛粉。」

我這輩子，第一次喝咖啡能喝出噴火的感覺……

當我衝進洗手間，只覺得鏡子裡的人面無人色，嘴唇紅腫，不顧一切地開始用自來水狂漱口。

因為手邊沒有杯子，我用手接水龍頭的自來水，直接往嘴裡灌，良久，大概漱了六、七口水後，我才直起腰，看著鏡子裡滿是水珠的臉，便用手抹了一把。

然後，我哭了，連小時候我媽去世我都沒哭那麼慘。

我的手竟然染上了辣味，一抹臉後，辣到眼睛了。

此時，背後的門打開，上完大號的程源剛走出來，一臉驚恐地看著我：「修元你幹麼哭得這麼慘？不就是去了趟林專務那裡嗎？莫非你失身了？他強迫你的？奇怪了，也沒聽說專務他出櫃啊……走，我送你到醫務室去，還能走路嗎？不要不好意思，一會我幫你去重新買條褲子……」

好說歹說總算讓程源明白我依舊守身如玉，沒有什麼需要打馬賽克的事情發生。

第三章 最後的選擇，拒接的電話

「那個林專務，真的是專務？什麼來頭啊？」

坐在休息室的椅子上，我用紙巾揉著自己都不確定到底有沒有弄乾淨的眼皮。雖然已經感覺不到辣味帶來的痛楚，但心理上的陰影還在，總覺得紙巾一放下眼睛就會瞎。

「為什麼這麼問？」

我瞥了程源一眼，丟一個「這你都要問」的眼神過去，頓時讓程源尷尬地笑了笑。

「不方便講？」

「呃，也沒到這個地步，簡單地說，林專務確實有背景，他是董事長的兒子。」

「第二人生的董事長？」我吃了一驚，在程源點點頭之後，忍不住在心裡吐槽了一句：這已經不是贏在人生起跑點的級別了，這根本就是出生在終點。

無論做什麼生意，只要涉及到「壟斷」的級別，就等於不需要對錢財擔憂了。雖然壟斷法的存在，讓企業家們無法肆無忌憚地控制市場。但第二人生公司長期的技術壟斷，加上和自治政府之間的合作關係，就算第二人生公司因為複製人的問題而遭到部分民間團體的抵制，也依舊保持著穩定而旺盛的生命力。

「不是你想的那樣。」

聽到程源說了這句，我微微一愣，不懂他的意思，「什麼我想的那樣？」

「你一定以為他就是一般的二世祖、富二代吧？」

「呃，其實也沒……」我本能地想要反駁，可看程源那似笑非笑的眼神，我嘆了口氣，「好吧，是有一點點這個想法，也就一點點。」

「我別的不說，生產獨立型複製人的提案，以及禁止生產連接型複製人的提案，改為獨立型複製人，就是他推動的，雖然連接型複製人沒有被禁止生產，但獨立型複製人基本上可以做到完全替代，所以連接型也就剩個名稱了。」

聽到這句話，我忍不住倒吸一口冷氣，「生產獨立型複製人法案很久了吧？有二十年沒有？」

「不到，但也快了，已經差不多十六年了吧，那時林專務也才二十二歲。」

「二十二歲？沒念大學？」

「他十六歲就拿到碩士學位了，他以前可是神童呢。」

我忍不住驚愕地張大嘴巴，「神童？」

就那個吊兒郎當的樣子，居然是神童？就那德行從高中輟學才比較符合他的人物設定吧？

程源好像很喜歡我此刻的表情，笑咪咪地說道：「看不出來吧？我當初也看不出來，但這是真的。雖然他現在比較少來公司，但因為沒什麼架子，在公司裡人緣是算不錯的。」

「那若嵐，真的是他妹妹？」

「是啊。」程源點點頭，「你是想問為什麼她寧願要一個人撐一個組，也沒有坐個有油水撈還輕鬆的位子吧？」

聽他說得那麼直白，我不由得有點尷尬，「算是吧。」

「這方面我知道得也不多，而且有些事，我也不太方便說。」程源看上去躊躇了一下，最終還是搖搖頭，似乎把一些到嘴邊的話又吞了回去，「你也看到他們兄妹關係有點怪吧？」

確實，專務對自己的妹妹看上去很熱情，但若嵐卻對專務冷冰冰的，而且上次和我聊起這個人的時候，若嵐也沒有透露他們的關係。

這兩人確實給我一種發生過什麼的感覺，也讓我很好奇；可既然問題敏感，我也自然不好深究。

「對了，我差點忘了，若嵐讓你把可以做的文書類工作在四點前全部完成，另外把她放在你桌上的資料看一看，四點整在公司的地下車庫等她。」

我聞言一愣，低頭看了看錶，只有一個鐘頭了，時間有點緊。「她為什麼不直接發訊息給我？」

程源聳聳肩，表示也不理解。我也只能先把這個問題放在腦後，和程源分開後直接回到自己的辦公桌前，將一個鐘頭內可以完成的工作整理出來，開始加足馬力處理。

在四點差一刻左右，我總算把手頭的工作告一段落，長舒一口氣後，拿起若嵐放在我桌上的透明文件袋，我看到透明文件袋上貼著一個編號的標籤——LM00342。

當我看到這個編號，覺得自己的心臟停跳了一拍。工作了半年，我自然知道這個編號代表著什麼。

這種編號很稀少，因為已經減少生產了，這是連接型複製人。

一個星期前，那名對世間充滿怨懟的少年，再一次從我的腦海中復甦。我搖了搖頭，將那討厭的回憶拋開，把注意力放到眼前的文件袋上。裡面打開的第一頁就是基本個人資料，也確實沒有出乎意料——

編號：LM00342。

原型：余晴妍，死於一九八一年。生理年齡22，實際年齡17歲。

連接雇主：余振。

和雇主關係：父女。

看到這裡，心裡頓時有了不祥的預感，我知道這個感覺來自於上個禮拜的挫敗。但我更清楚，如果一直被這種挫敗感影響，恐怕也不利於應對面前這個編號LM00342的案例。

到了三點五十五分，雖然還沒有完全看完資料，但我還是站起來，一邊看資料，一邊向電梯走去。等我到公司的地下車庫，卻發現若嵐已經等在那裡了，而在她旁邊停著那輛白色賓士。

「還沒看完？」若嵐皺了皺眉，看上去對我的工作速度不是太滿意。

「呃，抱歉，今天身體不是很好，多去了幾次廁所。」我實在不好意思說喝咖啡被人下了唐辛粉後，讓我在廁所痛苦地待了整整半個小時。

「上車。」若嵐聽完，也沒發表什麼意見，很乾脆地坐進了駕駛座，「我剛才開了會，就是因為這個余晴妍的案子。」

「為什麼？」

「她的父親，余振可能命不長了，前天剛剛接受手術，現在情況不是太好。」

若嵐說到這裡，頓了一頓，意有所指：「知道這是什麼意思吧？」

「……妳怕她和秀明一樣？」

「這件事無論如何都要避免，所以我們今天就要去那裡打個照面，從現在開始要重點關注了。」若嵐將車開出車庫門口的瞬間，車窗外的雜聲變得大了起來，可她的話卻清晰地灌入我的耳朵，有如一把尖銳的刀，讓我感到了痛楚，「如果你不想和上一次一樣，這一次，就必須成熟一些。」

可與此同時，一個疑問卻冒了出來。這個疑問是突然出現的，可在出現的時候，我才意識到自己早就有所疑慮，卻一直不知道這個問題的本質是什麼。

如同一座正在搭建的金字塔，那個問題在塔尖，可塔尖的出現，需要下面無數磚石的鋪墊。

複製人無法做出自殺行為……

可複製人有自殺的「權利」……

奈米機器人的監察機能……

秀明瘋狂而怨憤的報復行為……

「若嵐，我有一個問題。」

「如果不是學生味十足的問題，就問吧。」若嵐哼了一聲，不知道為何，她今天好像對我有些不滿，「新人的優待期已經過了喔。」

「為什麼複製人無法自殺，但在寫自殺申請的時候卻不會引起電擊？」

若嵐眉毛微微一挑，瞥了我一眼，但沒有說話。可我看到了她眼裡的凝重，我一下子意識到不是只有我注意到這個問題。

良久，若嵐才簡單地回答了一句：「是公司的AI系統判定的，寫自殺信應該是屬於例外認可的行為。」

「那秀明為什麼在執行他的計畫之前，沒有被電流擊暈？」

「……」

「雖然不是直接的自殺行為，但他應該很清楚，事件結束後，他可能面臨什麼樣的懲罰。」

「……」

「我一直把AI當作單純不會出錯的高級電腦，但AI既然被稱為人工智慧，無論它有多聰明，既然是智慧，就代表它會思考，因為它不是單純的機械開關，既然會思考，就代表……它也會出錯對吧？如果不會出錯，哪裡還需要思考？」

「到此為止。」若嵐打斷我的話，看她的樣子，她似乎是知道一些什麼，「這些想法，不要隨便亂傳。」

我看到她慎重其事的樣子，更加相信自己猜得沒錯，「這是我猜對的意思？」

「……總之這些話不要亂傳，我也不是專家，沒有辦法和你說明系統的演算方式，把注意力放到當前的工作上，學生弟弟。」

「看來我問了個很糟糕的問題是吧？」

「……」若嵐神情漠然，沒有回話，只是指了指我手上的文件袋，讓我把它看完。

我只好壓下疑惑，將注意力放到面前的事上。同時也想到一個人，如果是他的話，應該能夠替我解決這些疑惑。

若嵐將車停在自治市第一醫院，在前臺申請了重症病房探視的許可後，我們到了醫院的第十五層。

做為自治市最高等的醫院之一，自治市第一醫院的ＶＩＰ病房沒有多少醫院的感覺，反而給了一種接近五星飯店套房的感覺。還沒走進去，就覺得一股「有錢人」的氣息撲面而來。

入眼是幾近透明的落地窗，兩邊是繫好結的白色窗簾，地毯鋪滿整個房間，穿著拖鞋也能感覺到一種柔軟的觸感。

地上一架無聲的掃地機器人來回移動，有條不紊地執行自己的工作。一位穿著針織衫的中年男子走出來對我們問道：「是第二人生公司的人嗎？請進。」男子戴著眼鏡，頭髮梳理得一絲不苟，他拿出兩張椅子放在一張大床的旁邊後，示意我們坐下，然後就向床上的人說道：「爸，人來了。」

床上的老人面容枯瘦，虛弱地睜開眼，對我們露出一個勉強的笑容，算是打過了招呼。

我和若嵐向他們問好之後，便坐了下來。

「讓你們特意前來，真是不好意思，但我父親無論如何都想親耳聽到你們做的答覆。」男子說到這裡頓了一下，露出一絲歉意，「抱歉，我忘記自我介紹了，我是余勇賢，如你們所見，我爸現在有點不方便說話，精神也不好，所以我就單刀直入地問了——

我的姐姐，余晴妍，有沒有辦法做手術，和我父親切斷連接？」

若嵐毫不猶豫地搖搖頭，「很遺憾，以目前的技術是沒有辦法的，連接型的複製人一旦成型，就是不可逆的。」

余勇賢點點頭，一臉「我早就說過了」的表情，耐性地對病床上虛弱的余振說：「你聽到了吧？爸，你這樣做不行的，不是我在說不吉利的話，萬一這要是有什麼好歹，大姐可就……」

「就算有什麼好歹，錢也不能交給你。」一陣略顯尖銳的女子聲音從門口傳來，一名女性沒有脫鞋，直接走了進來。

她約莫三十歲，戴著一頂黑紗帽，一身合身的黑色連衣裙，踩著高跟鞋，下巴微抬，網狀的黑紗遮住了她的半邊臉，但依舊掩蓋不住她散發出來的冷漠氣息，「爸還沒走呢，你就想要遺產了嗎？」

余勇賢的表情一下子變得難看起來，但也許是良好的教育讓他沒有發作，「小妹，有客人在，我們就不要吵了吧？」

「……扶……我起來。」

老人發出虛弱的聲音後，余勇賢連忙走到他的身邊，勸阻道：「爸，你還是休息，有什麼話我來……」

聽到這句話後，老人卻用虛弱的聲音，說出一句堅定的話，「我……還沒死呢。」

余勇賢無奈，只好將他扶起，另一邊的女人也連忙走過來，拿了一個靠枕墊在老人背後。

老人真的極度虛弱，僅僅是從躺著到靠著的動作變化，就讓他的呼吸變得急促了些，隔了一會，他才平靜下來，他沒有問若嵐，而是看向我：「真的……沒辦法？」

他的眼神無力，聲音虛弱，但卻讓我沒有辦法直視他的目光，「是的，老先生。」

「是嗎……」近乎嘆息的說出這兩個字後，這個名叫余振的老人，彷彿又虛弱了一分，但之後他強提了一分精神，「那……必須得再撐一撐了。」

這句話是什麼意思？我心裡有一絲好奇，但余振此刻的身體狀態宛若風中之燭，導致我沒有辦法問出一個僅僅只是為了滿足我個人的問題。

「等等！爸，這樣也太不負責了！」余勇賢聽到這句話後，臉色卻變得難看起來，而他的妹妹也沒有和他唱反調，看來他們兩人在這個立場上是一致的，「就算你真的這麼想，也得把一切都安排好了才行啊！」

余振卻完全沒有應付他的意思，他只是盯著我們緩緩地說道：「我的女兒，就麻煩你們了。」

他說這句話是什麼意思？

我聽著一頭霧水，但若嵐卻似乎已經明瞭他的意思，她站了起來，向他鞠了一躬，「我明白，余老先生，這本就是我們的工作。」

說完這句話，她便向我使了個眼色，我這才意識到這次會面竟然已經結束了。當我們走出房門，余勇賢跟了出來，他才剛要開口，便被若嵐打斷——

「很抱歉，余先生，根據您父親的要求，我們沒有辦法對她施加任何方面的影響，您的父親甚至希望我們不要和您有過多的談話，請您諒解。」

余勇賢的表情頓時一僵，尷尬地笑了笑：「沒什麼諒解不諒解的，只是，我姐姐，就拜託你們好好照顧了。」

當我們走出醫院，坐進車裡，我聞著車裡飄著的淡淡薰衣草香，開口問道：

「余老先生是要做什麼？我不是很明白。」

若嵐轉動方向盤，將車開出停車位時，看到余老先生的女兒正從電梯口走出來，她看到我們，我們也看到了她。

若嵐停了車，不是她不想走，而是走不了，因為那個女人直接站到我們車前。我對這種不禮貌的行為忍不住皺起了眉，對她的觀感不由得差了幾分。

「請問，有什麼事嗎？」我移下車窗，將頭探出去幾分。

「我叫余夢燕，余振是我父親。」

我向她點點頭，決定向她也介紹一下自己，「您好，我叫……」

但還沒等我把話說完，余夢燕便打斷了我的自我介紹，她似乎不願把時間花在這種事上，「我不討厭我的姐姐，但我也不希望她會胡來，希望你們能盡到監督的責任，我相信你們也不想接來自法院的傳票，或者是投訴吧？」

這世上有很多人的行為很奇怪，明明說話方式有許多種，但就是偏偏有人會完美地避開所有可以讓人接受的方式，去選一種最讓人討厭的。

所以還沒有等我說話，若嵐就把話接了過去，「余夢燕余小姐是吧？我剛才沒聽清楚，可以麻煩妳再說一次嗎？」

「……」

余夢燕沒有重複，只是臉色有些陰沉地看著若嵐，瞥了一眼若嵐手上已經切到錄音狀態的手機螢幕，輕哼了一聲，轉身就走。

待她走遠，我才向若嵐說出我的看法：「雖然我也不喜歡她，不過完全可以禮貌性的敷衍一下，也沒必要……」

「不要把有限的時間去填在他人無窮的欲望裡，沒完沒了的，沒人會嫌錢少。」若嵐收回手機，這才轉頭看向我：「多少看明白了吧？」

「爭家產？」我試探性地問道。

「嗯，有一部分的財產在余晴妍手上，但你知道，複製人是沒有繼承權的。」說出這句話的瞬間，若嵐油門一踩，我頓時感覺到來自椅背的推力——

「妳今天心情不好？」

我好奇地問道。

「……現在的工作是讓一個必死的人在接下來的日子裡不要亂來，平靜地接受自己必然死去的事實，你覺得我心情會好得起來嗎？」若嵐的聲音低沉，手指握著方向盤，指節隱隱發白，「別忘了，這也是你的工作，別再和上次一樣了，修元。」

「……知道了。」

「你估計還沒有看完資料，我先給你簡單地說明客戶的情況和要求……但下次希望你能按時完成工作。」若嵐的話讓我感到羞愧，這一次我確實沒有完成工作的內容，還不等我表態，若嵐就已經說了下去。「余晴妍是余振的第一個孩子，可能是年幼去世讓余振覺得愧疚吧，所以他相當寵溺那個複製人，即便是現在，他還是沒有想著怎麼過完最後的日子，而是在考慮盡可能地延長生命。」

一般情況下，都會考慮延長生命吧？況且自從複製人制度在自治市成立後，不僅為市政府提供了高額的稅收，也極大程度緩解了器官移植的需求不足。某種程度上說，複製人制度之所以在面對極大阻力後，卻依舊得以確立，很大程度上就是建立在這個方面。

「呃……是嗎？這有什麼問題嗎？」我不是很明白她的意思。

「他的癌細胞已經擴散到全身，連腦部都沒有倖免，醫生只給了兩種治療方式……一種是持續的藥物治療，但這種方式治癒的可能性已經微乎其微，以余振目前的狀態，可能下一期就會要了他的命。而另一種是特殊的延命治療……」

「特殊的延命治療？」

「讓他進入睡眠狀態，保持最低的新陳代謝，遏制癌細胞成長直到死亡……按照余振的身體，頂多就多撐兩年吧。」若嵐長舒一口氣，似乎對自己的工作量增加也感到了無奈，「他剛才就是選了這個。」

沒有意識？那還叫活著嗎？

可就在疑問浮上來的剎那，我立刻意識到了其中的原因，不由得瞠目結舌地看向若嵐，「是為了……余晴妍嗎？」

「沒錯，因為他知道一旦他死了，那麼和他連接在一起的複製人也活不了。」

連我和若嵐都意識到了其中的區別，那麼身為當事人，會是怎樣的心情呢？

「那余晴妍知道她父親的選擇嗎？」

「就算現在不知道，也瞞不了多久，況且……」若嵐轉過頭，嘴角勾出了一抹譏諷的笑容，「對她來說，你說得清哪一種選擇才是好的嗎？」

我不由得啞口無言。

她說得一點都沒錯，前者的選擇代表了短期內的必然死亡，後者則是延長了死亡到來的時間，代價卻是余振最後那一點清醒的時光。

某種意義上，更像是余振用剩下的生命，換來了余晴妍的時間。她會擁有怎樣的心境去度過接下來的時間，完全就是一件未知的事。

「那現在是要去哪？」

「幻城娛樂中心。」

那是一個大型的娛樂場所，是現代人偶爾會去消遣的地方，我也去過兩次，不過都是通宵。之所以要通宵，就是因為裡面的價錢是按照時間計費，而通宵包夜的價格會便宜一半左右。

但在大學時代和同學們在裡面瘋玩一個通宵，發現自己的作息規律徹底被打亂後，我就再也沒去了。

幻城娛樂中心坐落在自治市中心的東部，裡面有大量的娛樂以及運動設施。

從卡拉OK到遊戲機房，從氣槍射擊到三溫暖，可以說應有盡有。但我想不出來余晴妍待在那裡的理由。

而我等了一下，發現若嵐沒有繼續解釋的意思，只好又問道：「去那幹麼？」

「余晴妍在那。」

「在那幹麼？」

「還能幹麼？」若嵐扯了扯嘴角，從鼻子輕哼了一聲，「玩吧。」

玩？

在余振此刻的狀態下，她竟然在幻城娛樂中心玩？

雖然我做好了沒有辦法體會余晴妍心境的準備，但卻沒有意料到這小姐可以心寬到這個地步。

先不說兩人之間父女的關係，有傳統道德的隱形約束在，光憑余晴妍是連接型複製人這一點，她應該知道自己隨時有可能在下一秒就死去——至少在余振做出選擇之前是如此。

「她的電話在資料裡，你打過去，就說我們去找她，順便帶她回家……我之前就和她約好了。」

聞言，我便低頭打開之前未看完的文件袋，在第二頁就翻到了余晴妍的電話。當我將電話號碼輸入手機，保險起見對照檢查了一下之後，才按了撥通鍵。

嘟——

嘟——

手機通了，我的心定了一半，但過了一會，依舊沒有人接，一直等到信號徹底斷了，也沒有人接起手機。

「沒通，她可能有事，那就過一會再……」我的話還沒說話，就被若嵐打斷了。

「繼續打，打到她接為止。」

我忍不住皺眉，這種催人接電話的方式並不是一個禮貌的行為，更像是一個沒有節操的推銷員，或者被戀人甩了之後陷入歇斯底里的單身狗行徑。

「這不大好。」

我委婉地提出建議。

若嵐卻連看我一眼的想法都沒有，只是冷冷地吐出一句：「不要每一次都用和正常人的交往距離來和複製人交往，你吃的虧還不夠嗎？別忘了秀明。」

「……」

我將才放回口袋的手機重新拿出來，按了重撥鍵。但心中那一股無名的火，卻開始靜靜燃燒了起來。

車內的氣氛變得僵冷，有的只有細不可聞的呼吸聲，若嵐手指摩挲方向盤的聲音，還有我按下重撥鍵時「滴」的一聲。

不知為何，我覺得重撥鍵的聲音在此刻顯得有些刺耳，我耳邊不斷重複著電話連接時的響音，但另一頭卻依舊沒有回應。

於是重撥鍵的聲音不斷響起。

當車開到第三個十字路口，紅燈轉綠的瞬間，手機終於被接起來了，可還沒等我說什麼，電話那頭就傳來一陣滿是不耐的聲音——

我承認她的聲音還挺好聽的，可是再好聽的聲音，都沒有辦法挽回惡聲惡氣的口吻。

「煩不煩啊？哪有接連打二十多通電話的？你是想把我的手機打到沒電才停嗎？」

我強忍著把那句「妳不聽電話幹麼不關機」從嘴邊嚥了下去，乾咳一聲，說：「十分抱歉，在您不方便的時候打電話聯絡，請問是余晴妍余小姐嗎？我是第二人生的工作人員，不知道現在方便說話嗎？」

「……男的？」電話那頭傳來略帶詫異的聲音，「我明明記得是個女的來著。」

「如果您說的是若嵐，她現在在開車，不方便接電話。」

「喔，那你們到了直接上三樓的羽毛球場來，一會見。」

說完這句，也不等我回應，她就掛了電話。留我看著手機發呆。

「打通了？」

「嗯。」

「……她剛才在幹麼？」

「不知道。」

若嵐聞言，嘆了口氣，沒說一句話，卻讓我的臉感到火辣辣的。

打了二十多通電話，除了知道去哪找她之外就再無他物，確實是令人遺憾的工作效率。

第四章 初見的晚餐，另類的要脅

幻城娛樂中心在平日裡人並不算太多，建築是在近十年前建立的，高達十二層。今天是星期三，我們沒有花什麼時間排隊，就辦好了臨時ID卡，掃描之後進入娛樂中心。

第一層是一些輕食類的餐廳以及咖啡館，還有一些販售伴手禮的小商店，數量沒有多到讓人覺得厭煩的地步，可也沒有少到讓人不滿的程度。

而從二樓開始，運動和娛樂的項目就開始出現了，第二層是保齡球和高爾夫的場地，現在人並不是太多。等到了第三層，我和若嵐便徑直走向羽毛球區。

當我看到若嵐走在我前面，顯然很熟悉這裡的時候，忍不住問：「妳以前常來？」

「你是想說我不像是會常來這裡的人？」

「抱歉，我不是這個意思。」但必須承認她說對了一半，我為自己的冒失向她致歉，然而心裡卻依舊感覺——這個地方真的和若嵐不怎麼搭。

就好像在哈利波特電影裡，佛地魔身邊突然出現了一個中國妖怪拿著葫蘆喊了一句：「波特，我喊一聲你敢答應嗎？」

這太詭異了，和邏輯無關，我單純就是覺得，沒有辦法想像若嵐在這裡和朋友一起玩的樣子。倒不是說這裡不能一個人來，只是從整體氛圍上說，這個地方更適合與朋友一起來。而一旦來了，可不是一兩個小時就可以結束，一般起碼是待個半天以上。

若嵐會是那種和朋友在一個娛樂中心裡瘋玩半天以上的女性嗎？以她那種並不算容易接近的性格來看，真的……不太像。

也許是看出我的尷尬，若嵐猶豫了一下才說道：「以前和朋友們常來，好幾年前的事了。」

好幾年前常來，現在卻不來了嗎？也是，我現在也有這種變化。小時候交朋友是最快的，可是進了大學以後，朋友卻變得越來越少，開始工作以後，這半年來我都沒有和以前的同學或者朋友聚會過。

因為大家都有了各自想要忙碌和奮鬥的方向。我們的欲望越來越多，失去的也越來越多。

每個人都會經歷這個過程，若嵐也有，自然不足為奇，只是我依舊覺得哪裡不對。宛若一張逼真的贗品畫和一張真跡在我面前，有人告訴我其中一張是假的，可我就是看不出差別所在。

她說謊了嗎？她有必要說謊嗎？

正當我陷入沉思，我聽到了一聲充滿興奮的叫聲——

「再來！」

一陣球拍揮擊之聲傳來，眼前一花，一只羽毛球便砸在我的臉上，痛倒是不痛，卻把我嚇了一跳。

原來不知不覺間，我竟然已經走近了羽毛球場的場邊。

「啪。」

羽毛球落在我的腳邊，剛好落在邊線外。

「你站在那裡幹麼！害我輸了！」

啊？

我茫然地看向對面的短髮女生，她微微嘟著嘴，十分不滿地瞪著我。我低頭又看了看地上的羽毛球，確認其真的在邊線外，頓時心裡只覺得有一萬匹羊駝在胸腔裡奔騰而過。

小姐，我就算不站在這裡，妳也是打出界了啊……

「晴妍，既然有人來接妳，那我就先走了，我得去接孩子。」似乎已經等了我們好久，另一位約莫三十多歲，穿著運動短衫的女子對余晴妍說了幾句後，也不等她反應，便拿著自己的球拍走向休息區，將球拍塞進袋中。

「哎……再玩一會啊！」余晴妍滿臉失望。

「今天都陪妳一天了，好多事沒做呢。」女子雙手合十做討饒狀，而後她話音一轉，意味深長地瞥了我們一眼，「而且啊，妳應該也有事要做吧？不打擾你們了，有事給我電話。」

余晴妍隨手把球拍丟在地上，無奈點頭。「……好吧，舒姐再見。」

而一直到那個女子離去，余晴妍好像眼裡根本就沒有我們，一個人坐在場邊慢吞吞地喝水，低頭擺弄手機。

一開始我們還想等一下，但看到她戴上耳機，似乎在看手機視訊的時候，若嵐便再也等不及，走上前去，我則跟在其後。

在距離逐漸縮短的過程中，我發現這個女生並沒有想像中那麼健壯，甚至可以說得上削瘦，穿著的運動短衫竟然給我一種嘻哈裝的味道。也許是她的頭髮很蓬鬆，顯得她的臉小小的，額頭綁著護額，露出清秀的臉龐，雙眼聚精會神地盯著手機螢幕，嘴角掛著笑意，似乎對手機裡播放的節目很有興趣。

「余晴妍小姐，我們剛從您父親那裡過來……」

若嵐剛說出這句話，余晴妍就站了起來，轉身一溜煙小跑步離開，還一邊揮手一邊說道：「啊，我去換衣服，衣服溼答答的難受死了，有什麼話一會再說，稍等喔稍等！」

……這算是逃了嗎？

若嵐對此似乎毫不意外，但也沒有再進一步逼迫什麼，只是輕嘆了口氣，「你也看到了，她就是這種性子，處理起來可能會有點麻煩。」

麻煩？這我倒是不否認。但我還是不覺得會到讓若嵐感到頭疼的地步。

也許是看出我的疑惑，若嵐才又解釋道：「委託人的要求是讓她開開心心地過完最後的日子，盡量滿足她的要求，中間的花費都可以從委託人那裡報銷。」

「還可以這樣？」

「這種程度的委託和我們的工作並不衝突，盡量滿足她的需求，讓她不要在最後的日子裡做出什麼驚天動地的事就好。」說到這裡，若嵐頓了一頓，聲音卻低了下來。「因為秀明的事件，市政府複製人監察廳派人來關切，說要重新審核所有的申請檔案，如果在這段時間再出什麼事，恐怕複製人的申請基本條件門檻會提高，而強制回收標準則會降低……這是什麼意思你應該知道吧？」

降低回收標準，代表的是進一步控制複製人出現意外，而如何降低意外？複製人死了，自然就沒有意外了。

我忍不住譏諷：「申請基本條件門檻上修也就算了，竟然連回收標準都打算降低，簡直就是歷史倒退，那群官老爺還真是什麼事都做得出來呢……」

「一旦複製人被認定過度自由且對市民有害，做出這種決策並不讓人意外，所以如果你不想事情變得那麼糟糕就好好幹，雖然她沒有秀明那樣特殊的問題，可如果出了亂子，例如她想拿手上的那筆錢做些亂來的事……她的弟弟妹妹為此打官司把事情鬧大，也是很麻煩的事。」

我點點頭，心裡卻在腹誹若嵐今天在地下車庫面對余夢燕的強勢。既然覺得麻煩，說話就不要這麼硬啊。

這下好了，還得出動我們兩個人給這丫頭當保母。

大約過了一個小時，余晴妍才回到羽毛球場，她的臉上帶著看上去極為輕鬆的笑意，走路的時候腳後跟也輕輕踮起，渾身上下散發著青春洋溢的氣息。

「走吧，我肚子餓了。」余晴妍皺了皺鼻子，隨即像是想到了什麼，看著我眼珠子骨溜溜地一轉，嘻嘻地笑：「我們吃東西去，有話待會說！」

不等我們回應，她便在前頭帶路，直到下到一樓，走進一家叫做「鮪魚燒」的小店。雖然只是平日的下午五點，店裡已經人滿為患，但好在店外排隊的人並不多。在余晴妍的堅持下，我們只好老老實實地排隊。

若嵐並不是那種會說話的人，於是為了緩和氣氛，也為了讓以後工作的麻煩更少一些，我便試著找話題開口，「妳很喜歡這家店？」

余晴妍原本背朝著我，聞言看了我一眼，「沒有啊，就一般般。」

近距離接觸，我發現余晴妍補了淡妝，這原本沒有什麼值得注意的，但我很痛苦地發現——她上下嘴脣的口紅顏色根本不一樣！

上脣是微暗的粉紅，下脣卻變成亮色的粉紅？這是哪個有毛病的混蛋想出來折磨人的化妝方式？帶兩支口紅也就算了，居然還一起用，簡直沒法忍。

「哈～喔，是這樣啊。」因為得到的回答和預想中的有點不一樣，本來就已經很難接話了，再加上那閃瞎我眼睛的雙色口紅，我的大腦一下子當機了。

好在余晴妍僅僅停頓了兩三秒，在氣氛即將進入尷尬的第四秒時，她再次開口了，「你叫什麼名字啊？」

我不由得一愣，才發現自己沒有做自我介紹，連忙說道：「我叫鄭修元，是第二人生的工作人員，叫我修元就好。」

這半年來，我都是這麼介紹自己的，如果說隸屬人生售後服務部，恐怕會給複製人一種物化感。當然，關於我的這個想法，若嵐的評價依舊是「學生味」三個字。

「這裡吃到現在，我比較喜歡那一家……」余晴妍指了指斜對面不遠處一家叫做「野味仙蹤」的店鋪，門口的牌匾上畫著一枚大大的香蘭葉，外加隱隱透出的咖哩奶香，讓我一下子就明白那家店是一家泰國小餐館。

那家店我只和同學去過一次，味道確實不差，但價格卻不夠親民，對學生來說實在不是什麼好選擇。

所以導致那家店雖然看上去生意不錯，但也還沒到需要排隊的地步。

於是我忍不住附和著，「是啊，那家店是不錯，就是貴了點。」

「我不在意貴不貴，我爸給了我好多零用錢。」余晴妍說了一句讓很多人都想跪的話，可這種富二代氣息的話語，從她嘴裡說出來竟然沒有炫耀的感覺，「只是，今天單純就是想試試這個而已。」

說話間，服務生出來朝我們鞠了一躬，滿臉歉意地說久等了，最後將我們帶到四周由捲簾隔著的一張四人桌前。

我們三人坐了進去，我和若嵐坐在一邊，余晴妍單獨坐在另一邊，而後她拿起電子菜單，在上面點了四、五樣菜後，若嵐便再次開口了。「余小姐，您知道，關於您父親的事……」

余晴妍聞言，眨了眨眼，卻沒有回答問題，而是問了一句：「妳要喝什麼啊？」

若嵐皺了皺眉，繼續說：「余小姐，您的父親今天決定了要做保守治療。」

「我推薦這裡的草莓蘇打喔！」余晴妍似乎想到那個飲料的味道，陶醉地眼睛都瞇了起來，兩頰隱隱透出小酒渦，看上去竟然有種七、八歲女孩的可愛感，「很好喝的，妳要不要試試看？」

「就這個好了，謝謝。」若嵐乾脆立刻答應下來，但態度卻是緊迫盯人，雙眼緊緊盯著余晴妍。「余小姐……」

我只覺得飯桌上的氣氛變得越來越尷尬，為了阻止若嵐，我輕輕用腳踢了她一下。

「那你喝什麼？」余晴妍再將問題拋給我，但我還沒來得及回答，就被若嵐打斷了。

確切地說，她替我回答了，好像根本察覺不到我的態度似的，「他也一樣。」

大姐，妳做事能不能別這麼直來直去？妳這樣還不如出去和她打一架呢！

心裡這麼想著，我又在桌底下踢了她一腳。

余晴妍驀然皺眉，然後低頭看了下桌底，最後目光狐疑地質問我：「你老踢我幹什麼？」

若嵐微微一愣，也訝然地看向我。我頓時覺得臉上又熱又脹。

原來我踢的是她？

我心中頓時出現了放大加粗的「尷尬」二字。只覺得有一種想大喊的衝動——小姐啊，麻煩把腳放在自己的位置上啊！一直伸到我們這邊是怎麼回事啊！

「這個嘛，啊哈，不好意思，沒注意沒注意。」我剛說完這句，就見若嵐皺著眉頭想要再次開口，我立刻大大咳了一聲，打斷她的話。當她把不悅的目光投過來時，我連忙向她打了個隱晦的眼色。

若嵐眉毛微微一挑，不知道想到什麼，竟然平靜了下來。

「那就三杯草莓蘇打嘍！」

飲料和食物很快就被端了上來，我們彷彿只是一次普通的聚會，期間再也沒有談論余振的事，氣氛自然漸漸緩和了起來。

但飲料再好，始終都會喝完，食物再豐盛，用餐的人始終都會放下筷子。也許是意識到了這一點，余晴妍下筷子的動作越來越慢。當她拿著吸管將杯子裡的飲料吸乾之後，卻沒停下，仍意猶未盡般地繼續用力吸著，發出如同打開好久沒有使用的水龍頭，水管裡傳出艱澀的水聲。

「我今天玩得很開心，也吃得很飽，想喝的飲料也喝了。」似乎是說服自己了一般，余晴妍點點頭，長舒一口氣，看向我們。「……你們，想說什麼？」

總算願意談了，我輕輕吐出一口氣，和若嵐對視一眼後點了點頭，若嵐剛要說話，卻被余晴妍舉起手打斷，只見她豎起一根白皙的手指，指著我的鼻子，笑道：「你來說。」

若嵐頓時沉默，然後朝我努了努嘴，示意讓我來。

誰說都一樣，反正總得談。

我整理了一下思緒，斟酌了一下語句，謹慎地決定從余振老先生今天的決定開始說起，「請問關於您的父親，也就是余振先生的身體情況，您瞭解多少？」

「我知道不太好，應該說很糟糕。」

「他今天決定接受保守治療的方案，預計明天就會開始。」說到這裡，我小心地注意余晴妍臉上的神情，卻發現什麼都看不出來。

我看不到悲傷，也看不到和之前一樣的笑意。

「余小姐，明天您想去醫院嗎？」

「不想。」余晴妍回答得毫不猶豫，速度快得讓我驚訝。

「余小姐，您知道余振老先生的選擇會導致什麼樣的結果嗎？」

余晴妍臉上沒有一絲一毫的悲傷，更多是一種平靜，我甚至在裡面看不到任何愧疚的情緒，「知道，我爸爸會再也醒不過來。」

「是的，余小姐，所以這意味著明天也許就是您和您父親最後一次的交談機會了。」

「我知道。」

「這樣還不想去？」我不死心地追問，而問出這句話後我才驚覺自己居然在不知不覺間犯了和若嵐一樣的錯誤。

「不想去。」余晴妍還是這句話，看上去她真的一點改變想法的意思都沒有。

話說到這裡，我也看到了若嵐對我搖了搖頭，只好嘆了口氣，放棄對她的勸說。畢竟這不是主要的工作內容，沒有必要過分逼迫余晴妍而給她多添煩惱。

我們的工作內容，是讓余晴妍在活著的時候，不惹出亂子，平安度過。至於是否會讓她有遺憾，則不在我們負責的範圍內。

「那關於余振先生的事，就此告一段落，今天最主要的事就是，在接下來的日子裡，您的活動範圍會被限制一部分，雖然市內大部分的地方依舊可以去，但偏遠的地區，您將不會有活動移動的許可。當然，對此造成您的不便，我們十分抱歉，所以在接下來的日子裡，我們會盡量滿足您的需求。」

「到我死嗎？」

余晴妍的話直接得讓我一下子瞠目結舌不知如何回答，「啊？呃，我不是這個……」

「你就告訴我是不是啦，我不介意這個。」

「……是。」

「嗯……」余晴妍無意識地發出鼻音，眼神詭異地盯著我，看得我心裡直發毛。「什麼要求都會滿足我嘛？為什麼要這樣？」

理由自然是有的，就是怕妳亂來。問題是，如果真的這麼說了，就好像在提醒她要緊抓住我們的把柄一樣。想到這裡，我頓時陷入了糾結。

「是我爸爸這樣拜託你們的嗎？」

「是。」

「感覺不止吧？」

「呃？我不是很明白您的意思？」

「我爸爸如果快不行了，就代表我也快要死了，你們是不是怕我亂花錢，一毛錢都不留給弟弟妹妹？」

余晴妍看上去只有二十多歲，而她的弟弟妹妹卻都已經是中年人了，雖說是複製人的關係，但我仍然忍不住感覺有些異樣。

某種程度上她說得沒錯，但我自然不可能在這方面點頭承認。「沒有，您誤會了，余小姐，我們只會負責工作內的事，至於其他，我們並不在意。」

「喔，是嗎？」余晴妍嘴上沒有說不信，但看她的表情，分明就寫著「你接著掰」的字樣，隨後她黑白分明的眸子微微一轉，突然笑嘻嘻地說道：「修元啊，有女朋友嗎？」

「沒有，怎麼了？」我頓時起了一絲不祥的預感，但臉上依舊維持著禮貌性的笑意，同時為了掩飾心中的不安，我拿起所剩不多的草莓蘇打喝了一口。

「來追我吧。」

「咳咳咳！」我被這句話嚇得把飲料嗆進了氣管，不由痛苦地咳嗽起來。同時也懷疑是不是自己耳朵出了毛病或者聽錯了話，所以一邊咳，一邊下意識地看了一眼若嵐。

卻發現她也因為愣然而微張著嘴，顯然也被嚇到了。

「你看上去很高興啊？」

高興個頭啊！我這是被嚇的！

胸腔的癢意漸漸平息，我便停下咳嗽，乾笑一聲，「余小姐真幽默，哈哈哈……」

余晴妍雙手撐在桌上，托著臉頰，幽幽地看著我，不發一語。

「哈哈哈……」

「……」

「哈……哈……」我有點笑不下去，感覺臉上肌肉有些發僵，於是下意識地……

「你又踢我幹什麼？」余晴妍的話讓我有一種想鑽進桌子底下的衝動。

我見這個話題好像沒法回避，只好弱弱地說道：「那個，我覺得余小姐可以再謹慎一些，我沒有您想像得那麼好……」

我好在哪妳告訴我，我改總可以了吧？我不要會用雙色口紅的女友啊！

「我哪有說你好？」

「啥？」

「……你不會覺得只見了不到幾個鐘頭，一頓飯還沒吃完，就會讓女孩子喜歡你吧？」

說得也是啊，看來是我誤解了。

我不由得鬆了一口氣。

「所以說啊，你要追追看，我才知道喜不喜歡你啊。」

……這是什麼神奇的鬼邏輯？

看著余晴妍一本正經地胡說八道，頓時有一種處在強風中的凌亂感，什麼工作啊什麼複製人的心理問題啊，我在此刻都都沒有辦法思考，心中此時只剩下三個字。

怎（讓）麼（我）辦（死）？（！）

至於這到底還是不是三個字？我已經分不清了。

我只覺得自己的心臟在怦怦怦地亂跳，而該死的若嵐在旁邊也不幫我一下，正當我腦中一團漿糊時，突然靈光一閃，一個主意彷彿從天而降砸到我的腦袋。

我頓時發現這主意「骨骼清奇，乃萬中無一並可救我一命的武學奇才」。

於是我脫口而出一句：「我是GAY！」

「……」

「……」

不知道是不是錯覺，我的眼角餘光發現若嵐猛地轉過頭去，肩膀微微顫抖——

她不會是在笑吧？

「喔……」余晴妍眨了眨眼，好像也沒反應過來，「所以？」

「所以，我對……那個……女人方面沒什麼興趣哈。」

「是嗎，真遺憾。」余晴妍的臉上毫不掩飾其內心的失望。

「是啊是啊，真的很遺憾……」我如同小雞啄米一般狂點頭，只求這個姑奶奶放開對我伸出的魔爪。

「那就算啦。」余晴妍嘟著嘴，然後拿起之前丟在一邊的電子菜單，開始翻閱起來。

她還沒吃飽嗎？

我心中有點疑惑，但隨著電子菜單上的「滴滴」聲連響，心中頓時有了不好的預感，「還吃啊？呃，我們已經不用了喔，您只要點自己的就好。」

「我也吃不下啊，只是想點，心情不好，我要點些吃的發洩一下。」

「……是嗎？」

雖然我不明白為什麼她心情不好，但心情不好容易暴飲暴食確實很常見，於是對此我就不便說什麼了。

可是過了一會，一名服務生臉色怪異地走過來，看了看我們三人，欲言又止。我發現這個狀況便問道：「怎麼了？」

「呃，這個，我只是想問一下，你們這裡還打算來多少人？如果超過五十人，本店是一定要預約的，否則沒有辦法接待，不僅食材可能會不夠，座位可能也無法調整。」

「什麼意思？」我頓時一頭霧水。

「你們突然點了一百份懷石鮪魚套餐，還有一百份草莓蘇打，還要開五十瓶義大利紅酒，還有一百份炸雞，一百份……」

「停！」我嚇了一大跳，轉頭看向神色不變的余晴妍，「余小姐，您是不是點錯了？」

「沒有啊……」余晴妍無辜地眨了眨眼，「怎麼了？」

心情不好點些吃的，居然是這麼個點法，我真的長見識了。亂花錢到這個地步，余振也不管管……等等！

亂花錢？

「冒昧地問一下，您知道這得花多少錢嗎？」

「不知道，但我準備花完為止。」

當這個答案出來的一瞬間，我只覺得眼前一黑，而若嵐則在一旁一點猶豫都沒有地把我賣了——

「他不是GAY。」

這背後一刀捅得又準又狠。

「哎……可他剛才不是這麼說的啊。」余晴妍臉上的笑容在擴大，她很真誠地對我問道：「你到底是不是GAY啊？」

我看了看若嵐，看了看余晴妍，最後又看了看表情不知為何有點詭異的服務生，心中嘆了口氣。

「不，不是……」

「喔，那這個禮拜六你要來接我出去玩喔，你一個人來。」

「……」

坐回車裡之後，我忍不住對若嵐吐槽，「就這麼把我賣了？」

「不然怎麼辦？眼睜睜看著她揮霍浪費到把所有錢花完嗎？」若嵐的聲音透著一股疲憊，顯然她也拿余晴妍沒有什麼辦法，「她最終把錢給誰都可以，但如果是揮霍完的，你猜最後事情會變得怎麼樣？我不覺得那兩兄妹不會把事情鬧大。」

「難道我還真的得去追求她？」

「盡力滿足她的需求本來就是工作，她想要被追求的感覺，那滿足一下她也不是不行，你自己控制事情分寸就好。」若嵐的見解依舊很犀利，犀利到讓我覺得她真的一點都不把我的心情放在心上，「這件事不是完全沒有好處，如果要追求，就代表你有很多機會和她接觸，掌控她的情況，以防出現一些我們沒有辦法控制的事，也就是說，名為追求，實為監視。」

「骯髒的世界……」

「是大人的世界，乖學生。」若嵐說到這裡，話音一轉，聲音裡帶著幾乎感覺不到的笑意：「另外，關於約會的資金，每週一千塊以下可以報銷，以上自費。」

第五章 互換的烤魚，瀑布的眼淚

「奉旨泡妞？」申屠神情悲憤得如同含冤而死的千古忠魂，他用手上沾著湯汁的筷子怒指我的鼻子，「為什麼這種好事不發生在我身上？你還用這種不情願的口氣把這種讓人羨慕的事告訴我！還有天理嗎？還有王法嗎？」

我一臉嫌棄地往椅子的邊緣處挪了挪，同時小心地將手裡的關東煮也移了開去。「是你一定要我說的，說了你就這副德行，還怪我？筷子離我遠點，噁不噁心啊？」

申屠訕訕地收回筷子，撥拉幾下碗裡的烏龍麵，突然問我：「你們公司還招不招人啊？你看我怎麼樣？」

「我不想你進來，要是讓人知道我和你認識，多丟人啊。」

申屠大怒，然後手向我一伸，「……承蒙惠顧，一共六十塊。」

「……你剛才不是說請客的嗎？」

「以後請稱呼我善變的情聖。」

我仰天哈哈一笑表示不屑，隨後面帶譏諷地說道：「那情聖兄你什麼時候結婚啊？我現在已經工作半年了，可以給你包紅包喔。」

「……我們要不要出去打一架算了。」
「……」
見我不說話，申屠頓時警覺起來：「幹麼？你還真在考慮要不要出去打一架？我跟你說我有練過喔！」
「喂，你說，我這個禮拜六怎麼辦？」
「去啊，為什麼不去？」
「還真追啊？」
「你不動心，那叫哄，動了心才叫追，是哄還是追，你自己決定不就好了？」
「可萬一真追上了呢？」
「女生是只有動了心才追得到，哄是哄不到的。」
「那你以前在店裡，到底是追，還是哄啊？」
申屠一臉尷尬，轉過頭去，氣哼哼地說：「關你屁事！」
正當我想要繼續吐槽幾句時，手機卻響了起來。檢查發現是有人傳訊息給我，而一看到上面顯示的名字，我頓時覺得頭大如斗——是余晴妍。

「在嗎？」

「在，有事？」

「為什麼不傳訊息給我？」

「啊？」

「我讓你追我啊，為什麼不傳訊息給我？」

「……不是禮拜六才開始嗎？」

「你在說什麼啊？禮拜六那是見面，是出去玩，是約會，和你傳不傳訊息給我有關係嗎？」

好，好像也對啊……

我一下子會過意來，只好苦笑著發了訊息，好說歹說算是把這姑奶奶的不滿勸下去了。而她最後就留了一句不符合我腦子裡角色設定的話——

「追女生要主動點，而且臉皮一定要厚！」

這句話惹得申屠在一邊大讚「有種」，而後，他似乎覺得意猶未盡，很鄙視地看了我一眼，說：「比你有種多了。」

我也不在意申屠在一邊看我和余晴妍的對話，只是瞪了他一眼。

然後他丟給我一瓶檸檬口味口香噴霧，很猥瑣地對我揚了揚眉，「約會時用喔。」

時間很快就到了星期六，我坐著公車來到激流大峽谷的門口，現在還是早上九點半，而約會時間是十點，我還需要等一段時間。

提早到半個小時並不是我的風格，我更喜歡制定好不浪費一分鐘的行程表，可為了防止余晴妍比我先到，我自然要提前來。以免她等了不耐煩，又做出什麼讓人頭疼的事。就在今天早上，若嵐還給我傳了訊息，讓我把余晴妍看緊一些。

激流大峽谷並不完全是自然形成，是由市政府造了河道後挖通了一處低矮的山丘，打造出的一道新的河流。河水湍急，但並不算深，每年到了天氣轉暖，都會有不少人來到這裡坐竹筏順流而下，在涼爽的水聲和朋友的打鬧中一直漂到下游，玩累了也可以在下游的燒烤店吃一些東西。

當分針過了十點，一輛黑色的勞斯萊斯在我面前停下，車門打開後，我發現余晴妍只穿了一件白色的短袖上衣和藍色牛仔熱褲，以及……那該死的雙色脣膏，只是這次似乎變成了橙色系。

我忍不住關心了一下。「今天穿這麼少不怕著涼？等等我們應該是要搭竹筏的。」

「嗶嗶！」雙手食指在嘴前打了個叉，余晴妍看著我說道：「回答錯誤喔！這種時候，要先誇獎我才對！」

誇獎？誇獎什麼？我打量了一下她今天的裝扮，普普通通毫無出色之處，就是要誇也找不著地方。

可隨後腦海中就想起那句「追女生要主動點，而且臉皮一定要厚」的話，我頓時一咬牙，決定把節操丟一邊再說——

「妳今天穿得很可愛。」

「孺子可教～～」余晴妍嘻嘻一笑，然後下了車。

她下來後先伸了一個大大的懶腰，短袖上衣因伸展動作而上提，露出盈盈可握的纖細腰身，我不由得轉過頭，看向遠去的勞斯萊斯。「妳家司機送妳來的？」

「嗯，差不多，是我弟弟的車，讓他司機今天送我一下而已，這邊沒有電車，只有公車，不是很方便，喔對了……」

余晴妍突然一拍腦袋，似乎在懊惱自己貴人多忘事。「一不小心就忘了，有件事和你說一下。」

「什麼事？」

「如果你一個月內追不到我，我就把錢都花完喔。」

「啥？」我被這句話嚇得幾乎要跳了起來，「不是只要追就好了嗎？還必須保證追到？」

余晴妍理所當然地點點頭，好像這是天經地義的事，「是啊，不然你哪會認真追啊。」

我自然沒有辦法對這句話做出什麼反駁，因為她說得沒錯。如果一個人對目標沒有一絲一毫的執念，又怎麼可能會將自己全部投入到過程之中？

可話又說回來了，如果事情真的變成這樣，那余晴妍的行動根本就不在掌控之中，這是我無論如何都想要極力避免的，「可是妳都不確定我是不是妳要的類型啊？如果不是，那不是肯定追不到嗎？」

「追女生本來就是這樣啊，追到手之前，誰能保證自己一定成功？如果真的有這種人，那我可以告訴你，他一點機會都不會有，因為我不喜歡自大狂。」

說到這裡，余晴妍不由得微微一笑，她用清澈的雙眼看著我說：「幸好，你不是這樣的人。」

她的話音一落，風從峽谷的河流處吹來，吹亂了她的短髮，可她一點都不在乎。甚至乾脆轉身迎向還帶著些許寒意的風，雙手張開，如同擁抱世界那般，向前走去。

「啊……好涼快。」

她雖然這麼說，但我覺得她其實是感到冷的，即便不去看她微微縮起的脖子，即便不去聽她發顫的聲音。

我還是明白，這是個怕冷的女孩。

猶豫了一下，我脫下自己的外套，向前走去，披在她的身上。

余晴妍一愣，但隨即反應過來，然後不好意思地說了聲謝謝。

走進風景區後，我們便直接去搭乘竹筏的排隊處。一路上我們隨口聊起一些自己過去的事。驚奇地發現，我們竟然還有一個共同點。

我們讀的小學是同一間。但因為年齡不同，所以是在不同年級。而我並不是班級的活躍分子，甚至可以說有一段時間是被排擠的，所以曝光率並不高。

連和同班的同學都沒說幾句話，更何況低年級沒有多少交集的學生。這也導致我們並沒有任何交流。

「我每年教師節都會回去看看，你呢？」說到同樣的學校，余晴妍拋出了這個問題。

「我？呃，不怎麼回去。」我的表情有些尷尬。

「不喜歡？」

我腦海中浮現那個已經記不清面容的班主任臉孔，想起小時候母親去世時那段悲傷的回憶，來自於同班同學的欺凌和漠視……不由得苦笑出聲。

「……很奇怪對吧，竟然會有人不喜歡自己的母校。」

「不奇怪啊，我也不喜歡。」

「那妳為什麼還每次都回去？」

余晴妍嘻嘻一笑，很玩味地點了點自己的腦袋，意思是讓我自己動腦，而她卻不做任何解釋。

竹筏一共可以坐四個人，四人可以對坐，中間擺了一張竹子做的茶几，茶几下面放著給人玩的水槍，每個人都穿著橙色的救生衣，還穿了一次性的藍色褲套和鞋套。

在我和余晴妍的對面，坐著一對中年夫婦，兩個人看著都有些發福，臉上笑容也不斷，當我們上去時還是他們先和我們打了招呼。

當他們用八卦的笑容來試探我們的關係時，余晴妍傲嬌地說是我在追她，她還沒有答應，惹得兩夫妻大樂，尤其那個大叔，老氣橫秋地說——大叔教你幾招。

我只好哭笑不得的附和著，卻也沒有辦法解釋什麼。

因為還沒有入夏，玩水槍的人並不多，但還是有三三兩兩的年輕人會在不同的竹筏間灌水，然後對射，水槍打溼了他們的衣服，導致竹筏漂流下去的時候不斷發出尖叫和興奮的大笑。

我不喜歡這種遊戲，先不說天氣和水是否乾淨，在外面衣服被打溼了也是一件很麻煩的事。雖說穿了救生衣和一次性的褲套和鞋套，但如果打起水仗來，恐怕也不會有什麼太大的幫助。

好在一般都是朋友間的胡鬧，竹筏上也可以掛免戰牌，掛了紅色代表不參與水戰，而綠色的則是可以。

我們坐的竹筏自然是掛著紅色的牌子，一是我本身也沒什麼興趣，另一個原因是面前的這一對中年夫婦，顯然也不願意玩什麼水槍。

而余晴妍對此自然沒有說什麼，可我看得出她有點小失望。

「前面那個彎過了以後，速度會加快喔，麻煩大家坐好不要隨便亂走。」船夫一邊撐著船櫓搖擺，一邊開口大聲喊道。

其他不遠處的船夫也向各自的客人喊著話，不多時，所有人都乖乖地回到座位上，少數人還帶著興奮的笑意，微微喘著氣。

在過了船夫所說的那個小彎後，我感到竹筏微微一沉，順著坡滑了下去，速度一下子加快了，很多人發出尖叫，因為速度太快了。

然後我感到自己右邊的臂膀一緊，發現是余晴妍瞪大眼睛看著前方，她的及肩短髮被風吹到後面，手則無意識地抓住了我的臂膀。

我有些不自在，但卻不好意思開口。心裡有點莫名其妙的緊張感，只覺得右半邊的身體都不是自己的了，僵在那邊動都不敢動。

冷風從耳邊呼嘯而過，我聽著自己有力的心跳，卻有些無心賞景，只好將腦袋向左偏過去，看向左邊的峽谷山壁，這才放鬆了一些。

等我們到了下游，竹筏前進的速度慢了下來，余晴妍還是沒有放開她的手，直到竹筏停靠在岸邊，她才鬆了手。

也許看到我有點僵硬的樣子，她微紅著臉，對我嘿嘿笑了一聲，「這麼點速度就嚇到了？你膽子真小。」

……某種意義上，我確實有點小驚嚇。

下了船，大叔把我拉到一邊，很有高手架式地對我說道：「差不多了喔，可以下鍋了。」

「啊？」

「追那小妹啊，我說火候差不多了，我都看到了，別裝了。」擠眉弄眼地說完這句，他就哈哈一笑，陪著自己的妻子走了。

竹筏停在淺灘的碼頭邊，碼頭的一邊就是燒烤店，雖然時間還算早，卻已經開始營業了，但店裡的客人不多。

我和余晴妍找個地方坐下，各自點了份烤魚後，便開始沉默地等待。我想找個話題打斷這個讓我有點尷尬的氣氛，「那個，余小……」

「晴妍。」

「啊？」

「叫我晴妍就好。」

「啊，喔，那個晴妍，妳去看妳爸爸沒有？」

「為什麼一定要在意這件事啊？」晴妍微微蹙眉，剛才的高興似乎因為我這個問題一下子降了不少，「我們今天是出來玩的啊……」

「呃，我是覺得，畢竟老人這樣，多看看，少點遺憾之類的……」

「怎麼會遺憾呢？如果我爸爸走了，那我也會死啊，怎麼會有時間遺憾呢？這世上最遺憾的，就是根本沒有機會去遺憾，而這對我來說已經是註定的事了……」晴妍低下頭，似乎在桌下擺弄自己的手指，「所以囉，無所謂了。」

「真的無所謂？」

「你希望我有所謂嗎？」

「……」我沒有辦法回答這個問題，無所謂可以避免傷害，可有所謂，在我眼裡才會更像一個健全的人。

「對自己無法改變的事情有所謂，只是徒增痛苦而已，我已經接受這個事實了，所以無所謂了。」說話間，服務生端來了兩串用木籤串起來的烤魚，晴妍挑揀了一下，把一條大的留給我。她一口咬下烤魚，卻因為太燙而連連哈氣，口齒不清地說道：「每個人都這樣，大家都是這樣活過來的不是嗎？」

我接過那隻大一點的烤魚，看著上面微焦的魚皮，還沒徹底化開的鹽化細末，聞著魚香，「也是，大家都是這麼活過來的。」

大家都讓自己無所謂，面對傷口，彷彿表露出不屑一顧的態度，那傷口就真的不疼了一樣。

可傷口，真的不疼了嗎？

鹽巴在被烤脆的魚皮上化開，內裡柔軟的魚肉在魚皮被咬開的瞬間迸發出帶著水氣的鮮香，同時帶著幾乎可以忽略的苦味，混著油脂在嘴裡蕩開。

味道竟然出奇地不錯。說實話，我並不太喜歡來這種小店吃這樣的東西，我始終覺得這個有點髒，但我今天有隨身攜帶自己的碗筷，將魚從木籤上擠下後，倒也不是不能接受。

「你帶這個幹麼？」晴妍一邊小口小口地吃著魚，一邊臉色不豫地看著我的碗筷。

「怎麼了嗎？」

「你這樣，好像我吃的東西就是髒的一樣，胃口都沒了一半。」晴妍嘟著嘴，又咬了一口魚，眼睛開心得瞇了起來。

「呃，個人習慣嘛。」

「你現在是在追我沒錯吧？」

「呃……」雖然這個問題讓我很尷尬，但也確實不能否認，「是的，怎麼了？」

「所以說，這種情況一般你得帶兩份碗筷吧？」

「……對不起，我還真的沒想到，下不為例。」

「那你說這次怎麼辦呢？」余晴妍哼了哼，十分不滿地盯著我手上的碗筷。

「這次？」我微微一愣，但從她的目光裡，我頓時發現了一件不太妙的事，覺得頭皮發麻，「這，這不好吧？」

「有什麼不好？」

「都……都吃過了啊。」

「我都不在意了，你在意什麼？你在追我是你在占便宜欸！」說著，晴妍雙手拿著木籤的兩端，架著上面吃了一小半的魚，往我眼前一遞，「還不拿著？」

我只好苦著臉接過，而晴妍則搶過我面前的碗筷，當然還有碗裡的那條魚。

晴妍拿過碗筷吃起來就連連稱讚，說用碗筷覺得方便多了。而我則傻傻地拿著手裡的那條魚，隔了好久都沒下口。

「怎麼不吃？」

「吃，啊哈哈，吃，當然吃啊……」我乾笑著，額頭冒汗，卻發現怎麼也下不了口。

用沾著炭灰的木籤也就算了，可這是被咬過的啊！怎麼吃啊！

當我發現晴妍還在盯著我的時候，我只能一咬牙，眼一閉，將魚翻了個面，往那塊還沒被咬過的部分咬上一口——啊啊啊！回去我要刷十遍牙！

「你的臉色很難看喔，修元。」

「剛才有點暈……暈船。」我也不管嘴裡嚼了還是沒嚼，如同吞嚥藥丸那般，一口嚥下。「所以其實胃口也不是很好，哈，先不吃了，妳要吃的話妳來就好。」

這種理由我都能想出來，我真是個天才。

「你是嫌我髒嗎？」

「怎、怎麼會呢，呵呵，妳別開玩笑，呵呵呵呵，妳要不要再吃點別的？我給妳買，要喝的嗎？」

「哼……」

糟糕，她好像完全不信我的謊話啊，也是，我剛才是不是表現得太明顯了點？

但好在她沒有再說什麼，而是將話題移了開去，「我吃飽了，接下去玩什麼？」

「這裡好像沒什麼特別的，最特別的似乎就是竹筏漂流了。」我打開入園時拿到的小地圖，「其他都是一些景觀，要不要我們先去看看瀑布？」

「啊，瀑布旁邊上面有個好玩的！好好好，就去那！」

好玩的？哪有什麼好玩的？

隨後我確實在離瀑布不遠處看到了一個刺激度為五星的娛樂項目——高空彈跳。

我的腳頓時有些發軟，結結巴巴地問道：「要、要玩這個？為什麼不玩文雅點的？」

似乎發現了有趣的事，晴妍眼睛一亮，一臉「只要我敢點頭她就敢笑」的態度，「你怕這個？」

「開、開什麼玩笑，我才不怕。」我漲著脖子硬撐。

「啊啊啊啊啊——」

一聲淒厲的慘叫，穿透了瀑布落在湖中的水聲，帶著波浪感迴蕩在瀑布的崖下。我親眼看到自己和另一邊的山壁只差了三、四公尺，再加上失重的墜落，雖然明知道會沒事，還是忍不住大叫了起來。

當結束後被拉起來，扶到橋上，我雙手撐在膝蓋上，不斷地大口喘氣，身體微微顫抖，但我不確定是手還是膝蓋在顫抖。

總之，我被嚇得不輕，而晴妍則在一旁毫不客氣地指著我大笑：「哈哈哈哈哈！你哭了吧！你是哭了吧！」

「沒有！那是瀑布濺上來的水！」

「真沒用啊哈哈哈哈！」

「就說不是了！」我忍不住怒道：「笑屁啊，輪到妳啦！」

晴妍的頭頓時一昂，傲氣哼哼，「我來就我來。」

在工作人員的幫忙下，她穿戴好護具，再三確認釦子是否扣緊後，工作人員便退了開去。

晴妍站在橋的欄杆上，雙手張開，將自己盡力地伸展，彷彿要最大限度地感覺這個世界。她面對我，居高臨下地看著我，陽光從她背後照下，把她襯托得如同下凡的天使。

「喂，修元。」

「怎麼了？不敢跳？」

晴妍搖搖頭，她突然問了我一個一下子沒法回答的問題。「如果我跳下去，繩子卻突然斷了，就是最開心的死法了吧？」

「啊？」我怔住了。

「今天，我也玩得很開心喔。」說完這句話，她閉上眼睛，身體往後一倒，便掉了下去。

我忍不住驚呼了一聲，但隨後反應過來，這是一項做好各種防護措施的安全項目。

「啊啊啊——」

晴妍興奮的叫聲從橋下傳來，我看到她在湖面上擺盪，她發出銀鈴般的笑聲，聽上去似乎快樂至極。但不知為何，我的內心卻感到了一種濃郁的悲涼。

這麼健康的女孩，命卻不長了啊……

當晴妍被拉上來，我發現她的眼眶微紅，臉上帶著淚珠，忍不住問道：「妳哭了嗎？」

晴妍微微一笑，笑得讓我感到心臟一陣抽痛。「沒有啊，瀑布濺上來的水而已。」

「……」我覺得嗓子有些乾澀，竟然一下子無法發聲，好一會，我才點點頭，擠出一絲笑容，「是嗎？原來也是瀑布啊……」

沒錯，每個人都有這樣的時候，如果不說服自己要無所謂一些，又哪裡活得下去？

第六章
欺世的謊言，晴妍的恐懼

把晴妍送到家後，我再回家，到了家裡已經是晚上八點。今天家裡竟然還在吃飯，不過顯然已經吃得差不多了，母親正打算起身收拾碗筷。

「回來啦？吃飯了嗎？」母親問道。

「吃過了，謝謝。」

「老哥，你今天幹什麼去了？」蕊兒好奇地問我，「我記得你今天是休息日才對。」

「加班，沒法子。」

我故作無奈地聳了聳肩，心底卻也不確定這到底算不算加班，雖然有加班費，但更多的還是玩樂。

老爸則沒怎麼理我，拿著遙控器百無聊賴地調著電視訊道，過了一會似乎一直沒看到自己滿意的，就關了電視，轉身向自己的臥室走去。

「爸。」我叫了他一聲。

「幹麼？」老爸停下腳步，轉頭看著我，「有事？」

這話說得彷彿沒事就不能找他一樣。

但這次我還是老實點點頭，「有點事，我想問問你清不清楚。」

老爸看了看跟進廚房去幫母親忙的蕊兒，似乎意識到我想和他單獨談，便點點頭，走向書房，順手從一旁的地上拿出一盒草莓牛奶，插上吸管後對我招了招手，「那過來吧。」

我走進父親的書房，不，與其說這是書房，倒不如說這更加接近電腦房，各種電子設備琳琅滿目，書卻沒有多少本。

「凳子在門後面，你自己拿。」老爸一屁股坐在電腦椅上，打開電腦，開始漫不經心地瀏覽起論壇。

我應了一聲，從門後拿了折凳，並把門關緊上了鎖，最後坐到老爸的身邊。

「老爸，我是想問問，你對自治市控制複製人的系統怎麼看？」

老爸打著鍵盤的手頓了一下，隨後又動了起來，「這玩意三言兩語說不清，你問這個幹麼？」

「那我就問得再確切一點，老爸，關於管控複製人自殺的系統，你清楚嗎？」

老爸聞言，停下操作，他轉了一下轉椅，皺眉看著我：「你問這個幹麼，你又不研究這個。」

「爸，我負責的一個複製人，做了一件傻事，是一件只要做了就很有可能會被強制回收的傻事。」我低下頭，腦子裡再次浮現秀明那蒼白的臉孔。「但我來不及阻止他，而系統也沒有阻止他，明明知道會有不好的後果，他肯定是知道的，可系統沒有反應。」

老爸聞言，並沒有立刻回答我的問題，而是轉了下轉椅，在自己的電腦上敲打，用滑鼠輕點之後，一道3D投影模型在房間的一處虛空中浮現。

我看到如同山丘一般起伏的虛線，在幾聲滑鼠輕點聲響起後，山丘被放大，變成一個橫切面。

「這是二十多年間，複製人的自殺率起伏表，是未公開資料，你可以看看。」

我看到的是一個總體數值在不斷下降的圖表，複製人的自殺率雖然有些波動，但若以年來做單位，其實都是在下降的。

而值得注意的是，複製人自殺率下降的趨勢，是從十年前才開始明顯起來，而在那之前，變化並不大，只是有一些起伏而已。

「看出來了嗎？」

我聞言微微一愣，不是很明白老爸的意思，於是老實地搖搖頭。

老爸哼了一聲，補充一句。「雖然複製人自殺監控是十年前才有的產物，但複製人監控系統是在複製人誕生之初就一起做出來了，你還不明白嗎？」

我聽到這句話，只覺得一股寒氣從尾椎骨冒出。我想到了一個可怕的可能性。「老爸你的意思是……」

「沒錯，複製人監控系統早就已經做出來了，而自殺管控本就是監控系統的一部分，也就是說，從程式上說，自殺管控機制早在一開始就已經做好了，但開頭十幾年，複製人公司根本就沒啟動。」

「這……這是為什麼？是沒有做好嗎？」

「複製人監控系統的核心技術是成熟的ＡＩ技術，也就是人工智慧，這個你明白吧？」

我點點頭，這個方面別說我進了第二人生公司，就是沒進，光是新聞和大學裡的宣傳，就足夠明白第二人生在ＡＩ技術界裡所代表的地位。「明白，這個當然明白，第二人生的AI技術一直是自治市最頂尖的。」

「那麼你知道，現在的AI技術和一般電腦邏輯運算，在根本上有什麼區別嗎？」

聽到這個問題，我微微一愣，小心翼翼地說出一個答案：「AI可以更容易理解人的感情？」

老爸對這個答案顯然是不滿意的，他咬著草莓牛奶的吸管，冷冷地瞪著我：「你真是我兒子？醫院不會是抱錯了吧？怎麼那麼蠢？」

我頓時尷尬得面紅耳赤，「我、我又不是學這個的，所以才來問你啊……」

「那我再問你一個問題，隔壁的老王今年抱孫子了，他孫子現在一歲都不到，你覺得他孫子聰明，還是你聰明？」

「呃……現在肯定是我吧？他還什麼都不懂呢。」

「對，這就是問題，他還什麼都不懂呢。你和那個每天還在尿床的小鬼一樣都是智慧生物，僅僅就因為他還小，你已經成年了，你就能確定自己比他聰明。」父親眉毛微微一挑，意有所指，「同樣的，你怎麼會覺得第二人生的AI系統就可以例外？」

「喔喔，我懂你的意思了，AI系統和電腦的區別，是因為AI可以通過學習而不斷增強運算能力？」

「總算懂了，恭喜你，你應該不用上醫院。」父親不鹹不淡地刺了我一句，把我弄得說不出話來，「可不管任何東西，只要會學習，就只代表了一件事——」

父親的嗓音隨著他的話語壓得越來越低，也越來越沉重，讓我忍不住「咕嘟」一聲嚥了口口水。

「它一定會犯錯。」

人學習，是為了不犯錯，可學習本身，就一定會伴隨錯誤。無論是人，還是機器都無法避免。

「可為什麼只有這近十年是逐年下降呢？雖然AI系統早就被製作出來了，可正式開始全面投入運用，也僅僅是這十年而已。」

在一陣按鍵敲擊聲過後，從現在開始十年內的資料被標為綠色，而在這之前的時間段則如同乾掉的血液，呈現一種暗紅色。

為什麼被老爸標記為如此不祥的顏色，我已經明白了。

既然是智慧，就說明它需要一個學習的過程，也就是說，這個ＡＩ程式在十年前如同人一樣，剛畢業，正式踏入社會開始工作。

而在這之前，它一直在學習，而它的教科書內容是那時候所有複製人的自殺行為。所有的自殺行為成為它的養分，來完善它的自殺監測邏輯。即便在學習的過程中，它已經可以阻止越來越多的複製人死去，但它依舊沒有被公司啟動，因為公司覺得它學習得還不夠。

「可明明它一邊營運一邊成長也是可以的，為什麼……」

「半工半讀和全職的學生相比，你覺得學習效率哪個更高？ＡＩ也是一樣的，當純粹的學習效率變低之後，從十年前開始讓ＡＩ介入，在實踐中繼續摸索；可不論怎麼樣，只要是ＡＩ，就不能永遠排除它會犯錯的可能。在我眼裡，恐怕一般的電腦都比它有更高的準確率。」

「為什麼？」我不由得有些好奇。

「機器這種東西，不論是什麼，越複雜就越容易犯錯，可ＡＩ和一般程式相

比，它的核心計算方式是和別的有區別的，會更側重、依賴於貝葉斯公式。」（註1）

「貝葉斯公式？」見我一頭霧水的樣子，我爸的臉色頓時有點不好看。

什麼叫理科生的鄙視？這就是了。

「老爸，我是讀文科的。」我的臉也有點黑，我要是理科生還用找你嗎？直接找大學的導師不是更方便？

「我就不細說了，但就算你是文科生，你也念過機率吧？」

在我點頭之後，父親才繼續說下去，「如果說現在有十個球，五個紅色五個白色，那麼按照一般機率的方向來算，你手伸進去拿出紅色球的機率是二分之一，白色球也是一樣，對吧？」

「沒錯。」

「而貝葉斯公式則是反過來，拿球的人不知道箱子裡的狀況，而是將手伸進去，拿出任意一顆球，隨後去計算箱子裡的球到底是什麼樣的。也就是說，一般的

註1　貝葉斯定理是關於隨機事件A和B的條件機率（或邊緣機率）的一則定理。代表公式 P(A|B) 表示「在B發生的情況下A發生的機率」。

機率是從大見小，而貝葉斯公式則是以小見大，到這裡，你聽懂貝葉斯公式的獨特之處了嗎？」

因為好久沒碰數學，我想了很久才明白父親的意思，最後有點不確定地說道：「你的意思是，這是機率的逆推？」

「是的。」

「可是……」

「沒錯，這裡有一個『可是』，這個『可是』的意思，就是貝葉斯公式其實是一種充滿主觀色彩的公式，根據貝葉斯公式的計算，拿的球越多，資料就會越精確，即便不知道箱子裡有多少球，它依舊可以算得越來越準……這就是為什麼大家看診喜歡去找經驗豐富的老醫生一樣，因為老醫生拿的球比一般的新醫生要多，他往往可以比其他醫生更快猜到下一顆球是什麼顏色。也是因為這個原因，雖然貝葉斯公式屬於機率學，但嚴格說起來，這是一個離經叛道的公式，曾經有段時間被視為偽科學。

因為它和傳統的機率不一樣，它的答案永遠只是接近正確答案，可永遠不會有一個真正的答案，即便誤差很小，但誤差一定存在，這就是現代ＡＩ技術的核心。」

「……」這些話的資料量很大，但我也大概明白了父親的意思——不要迷信ＡＩ，因為它也會犯錯。

「這件事有多少人知道？」

「內行人一定都知道，小市民一般不會關心，也接觸不到，再加上來自政府的宣傳以及商業廣告……」老爸臉上毫不掩飾的不屑浮起，將３Ｄ投影關掉，「誰都覺得系統是安全的吧？就像你買了一支手機，在大多數情況下它都是正常的，偶爾有點小毛病，維護一下就是了。可複製人自殺管控算的是人心，哪裡算得過來？我承認，這是一個偉大的程式，但同時，也是最不值得信賴的程式。」

又到了星期六，在這個星期，我已經漸漸開始習慣用訊息和晴妍聊天了，上班的時候許渝媛說我最近像是進入發情期，笑起來像進擊的巨人裡那些巨人一樣傻。而若嵐不知為何，我感覺到她有意識地在躲避我。

為什麼呢？

我坐在咖啡館裡，陷入了沉思。

「喂！」晴妍突然在我眼前來了個擊掌，把我嚇了一跳。

「抱歉，妳剛才說什麼？」

晴妍頓時大為不滿，她嘟著嘴說道：「和我出來玩你還這麼心不在焉，你這樣下去可追不到我喔。」

「抱歉，是工作上的事，最近氣氛奇怪所以有點在意。」我連連道歉，同時把心中的疑惑壓下，「妳剛才說什麼？」

「你這人太敏感，很多時候你的感覺就是錯的，你又不是女人，直覺這東西是女人的專長。」晴妍不屑地撇了撇嘴，喝掉她杯裡最後的一點咖啡，「我是說，要不要去打羽毛球啊？」

「啊？關於羽毛球，我好像不太擅長……」

「是男人就別說不行！走啦！」

「呃？喔，那等下，我把帳……」

「我已經付過了，走啦走啦。」晴妍不由分說地拉起我的袖子，一路小跑地把我帶出店外，而店門口早就有一輛黑色勞斯萊斯停靠等待。

「娛樂中心，小李你開快點喔。」

「好的。」

「我說，我真的不太會打，妳打起來會很無趣的。」

「那這樣，給你個獎勵，如果你贏我一球呢，我就答應你一個不太過分的要求。」

我聽到這句話，心臟猛地一跳，結結巴巴地說道：「那、那怎麼樣算過分？」

晴妍看到我的樣子，頓時臉一紅，有些羞怒地說道：「想哪去了？」

我誠惶誠恐，連連擺手。「啊？誤會誤會，我沒那意思啊！」

晴妍咄咄逼人地瞪著我：「那意思是什麼意思？」

我忍不住將身體往後靠，像一隻想要把頭縮進沙子裡的鴕鳥，「就是妳想的那種意思啊……」

晴妍使勁拍了我一下，力道有點大，讓我感到了些許痛楚。「那你還說你沒那意思？」

我忍不住苦笑：「我是因為看到這個樣子才想到的嘛，這可不能怪我。」

「你的意思是我的責任嘍？」

「唉唉快到了快到了，總之打羽毛球吧，先打羽毛球好不好？」

「哼！」晴妍神情不悅，但兩頰卻染上飛霞，紅豔豔地像一枚快要熟的蘋果。

「我會在羽毛球場上教你怎麼和女生說話的。」

我沒想到在畢業半年後就要再次面臨上課的問題，更沒想到課堂竟然是羽毛球場。我並不是完全不會羽毛球，上學的時候多少玩過。再加上我是男性，我以為我會因為有體力和力氣上的優勢，和晴妍對打不會太慘，可事實告訴我，畢業前後的體力真的是兩回事。

我大口大口地喘著氣，沒想到畢業半年，體力就消退得那麼快。看到晴妍好整以暇地拿著羽毛球和球拍，得意洋洋的樣子我就覺得一陣牙癢。

贏了也就算了，還贏得那麼囂張。

「又是一局喔，修元，你到現在為止連一球都沒贏耶。」

「……」

「你體育是語文老師教的嗎？」

「……」

剛開始的時候，我還會偶爾回嘴，到了現在，我已經連回嘴的力氣都沒了。

目前我基本上已經放棄贏的希望了。

因為晴妍確實打得好。

「那個，哈……呼……那個，晴妍啊……」我撐著膝蓋，氣喘吁吁地說話。

「嗯？」

「看……看在我陪妳打了那麼多球的分上，給個優惠好不好？」

晴妍一點情面都不肯講，很固執地搖頭。「不行！你有要求的話，就要至少贏一球！」

我卻連連告饒，「我真的快打不動了，讓我稍微休息一會，而且，我也就是想讓妳老實回答我一個問題而已。」

晴妍表情頓時微緩，看來她也很好奇我會提出什麼刁鑽的要求。「什麼問題？」

「妳為什麼，不想看一眼妳的爸爸呢？」

「……」晴妍的動作微微一僵，她抿了抿嘴，臉上笑容消失，一字一頓地說道：「贏了就告訴你。」

這固執的丫頭！

我搖了搖頭，甩開額前已經變得溼漉漉的頭髮，從褲袋裡掏出一張紙巾擦了擦，深吸一口氣，讓自己冷靜下來。「贏一球就贏一球！」

晴妍看到我的樣子，似乎也明白我要認真起來，於是她很謹慎地小退了半步，剛要發球的時候，我猛地踏前一步，大喊一句──

「晴妍！妳走光啦！」

這句一出口，看上去晴妍本能地嚇了一跳，但她很快便反應過來我是在矇她。只是動作終究還是一頓，揮拍的動作也隨之慢了一分，最後羽毛球連網都沒過，軟綿綿地掉在地上。

「你耍賴！」晴妍氣得跺腳，怒指著我。「哪有這樣的！」

「反正這球是我贏了，妳又沒規定比賽不能說話。」我嘿嘿嘿地笑了笑，臉上不敢露出太多得意，因為我也怕晴妍惱羞成怒。「就回答一個問題而已，有這麼難嗎？」

晴妍抿著嘴，滿臉的不甘，但最終卻嘆了口氣，轉身便走。

這讓我感覺大為不安，我連忙走過去安撫。「生氣了？好了好了，是我不好，是我不好，我們重來，重來好不好？」

「……我不敢去。」

「……」我腳步僵住了，看著她的背影，我發現她的肩膀微微地在顫抖。

「我不敢去，你明不明白？」晴妍帶著哭腔，因為恐懼而不斷抽泣著，「因為我和他連在一塊，我過去看他，哪裡還是單純地看他而已？也是在看我自己什麼時候死啊！」

「對不起……」我心中頓時浮起了愧疚，原本想要勸她去看看自己父親的心也頓時沉下。

「修元……」

「嗯?」我忍不住上前一步,想要拍拍她的肩膀,甚至想要給她一個擁抱,可隨後她的下一個問題讓我僵住了。

「我可不可以不死啊?」

「……」我僵在原地,一句話都說不出,在這一瞬間,一種深深的無力感蔓延至全身,讓我有一種下跪的衝動。

此刻,我覺得我是全世界最沒用的男人。

我伸出的手僵在半空中,最後緩緩地放下。不知道是羽毛球打累了,還是因為別的什麼,我感覺到好久都沒有過的疲憊感。

一種不管多努力,都沒有辦法拿出成果的疲憊感。

今天一直挺好的氣氛,因為我這個問題一下子陷入了尷尬,羽毛球自然是打不下去了。我和晴妍甚至連開口共進晚餐的話都說不出口。隨後我們各自洗了個澡,換好衣服後走出來,她在前面走著,我在後面跟著。

僅僅是洗了個澡，似乎也沒有改變氣氛。她沒有告訴我要去哪，我也沒有問。不是不想問，而是此刻空氣裡傳達的東西，讓我覺得除了沉默之外，其他都是錯誤的答案。

我就這麼跟著她走出了幻城娛樂中心，她信步而行，走著走著，天上突然飄起了毛毛細雨，雨點實在太為細小，如同雪花一般緩緩落下，讓人幾乎感覺不到水滴的重量。

這點雨本來沒什麼大礙，可如果時間長了，還是會讓衣服濕透。而我本就不知道晴妍還會這樣走多久，於是拿出早上出門就帶著的傘，跟上去，將傘撐在晴妍頭上。她似乎有所察覺，抬起頭看了我一眼，又重新低下頭去，卻一句話都沒說。可即便一句話都沒說，我看到她的側臉，那微微勾起的嘴角，不由得把心放下了一小半。

會笑就好。

雨沒有變大的趨勢，可也沒有變小的意思，雨霧隨著微風飄來飄去，我忍不住將傘再往晴妍身邊靠了一點。

一直走到距離車站最近的天橋上，晴妍最終在護欄邊站住，突然舉起雙手在嘴邊圍起做喇叭狀，大喊一聲——

「啊啊啊！累死了！」

原本煩悶的空氣隨著這聲大喊，一掃而空，連呼吸似乎都變得順暢了起來。但尷尬的是，不遠處所有人都詫異地看了我們一眼，讓我感到些許羞恥。大庭廣眾之下這樣亂喊，是我個人絕對做不到的事。倒不是在意會給他人造成困擾之類的原因，而是單純不喜歡因為如此受人矚目。

好在這個年代的閒人並不多，誰也沒有功夫在陌生人身上關注太久，彷彿是視訊的網路訊號不佳，僅僅是一滯之後，畫面再次播放起來。

我跟上去，看了看手機上的時間，輕聲問道：「那我們找家店坐一會？」

晴妍轉頭看著我，再次重複了一句：「但我累了啊。」

「啊？」我愣了愣，心想就因為累了才應該找家店休息一下啊……

晴妍驀地對著我的左腳背狠狠踩了一下——

「嘶！」這力道之大讓我忍不住倒抽一口冷氣，抱起我的左腳，「妳、妳幹麼啊？又怎麼啦？」

「這種時候男生就該說『我背妳』啊！」

……居然是這種意思嗎？那拜託妳說國語啊！

齜牙咧嘴地在內心吐槽，我有心問晴妍的體重，但為了另一隻腳的腳背著想，最終還是把這個愚蠢的問題壓在肚子裡。

因為看這個情況，顯然人是背定了，那問體重多重一點意義都沒有，畢竟問了又不會變輕。

打完羽毛球的身體雖然有些勞累，但還沒到徹底沒力氣的地步，所以我把傘遞給晴妍，讓她爬上我的背。

說實話，我不太喜歡和其他人做太過親密的接觸，所以從來沒有背過女生。不過這次，我忍著心裡的異樣，沒有拒絕。

為什麼不拒絕？

嗯……應該是她剛洗過澡的關係，感覺不那麼髒吧？

她沒有想像中的輕，也沒有想像中的重。背的時候沒有一點意外，可我覺得我的背還是很僵硬，她的頭輕輕擱在我的右肩，輕緩的呼吸在耳邊吹得癢癢的，伴隨著茉莉香的洗髮水味道。

「修元。」

「嗯？」

「對不起啊，讓你為難了。」

我頓時受寵若驚，結結巴巴地說道：「沒、沒事，反正妳也不重。」

「不，我是說剛才，問你可不可以不死的事。」

「……」我的腳步停下來，只覺得胸腔裡冒起一股無名的火，燒得心疼又煩躁。

「我知道這是做不到的，提出這種要求，只是徒增困擾罷了。」晴妍的話隨著她的呼吸，輕柔的在耳邊吹拂，「以後，我再也不問了。」

「……晴妍。」

「嗯？」

「就算做不到，也要提哦。」

「為什麼?」

「如果因為做不到,妳就不說了,那不是等於說,如果註定追不到妳,我就不用追妳了嗎?」我托著她的腿,往上一提,讓她的位置上移一些,「人這一輩子,總得做一些徒勞的事。

去考註定考不過的測試,去玩註定會輸的劇情關卡,去喜歡註定不會認識自己的偶像,去挽留註定會離開的人……這些都是做不到的事,可還是會有很多人去做,就算知道了結果也不改變自己的決定。」

我突然感到右邊的肩膀有些溫熱,感到自己背負的嬌小軀體微微顫抖。隱隱的抽泣聲,說出一句,「……聽著好蠢喔。」

我沒有回頭,低聲反問:「一輩子都只做聰明事,那得多痛苦?」

我們的對話就此停止,在寧靜到聽不到水落地的雨天裡,我感到背上的女孩沉沉地睡去,呼吸綿長而溫暖,讓我一開始跳得偏快的心臟,也平靜了下來。

在左手邊我看到了一間小餐館,但猶豫了一下,感覺背上的人睡得正香甜,終究還是沒有進去,最後乾脆往靜謐的社區裡走去。

隨後，我聽到了她模糊的夢囈，帶著溫熱的氣息，送入我的耳中，卻如炸雷一般響了起來。

「怎麼不跑……呼……三個人呢……」

我呼吸微微一滯，腳步頓了一頓，但隨即就重新向前走，走過社區的階梯，一步步向西邊走去。

第七章 余振的過往，眾人的疑慮

也許是累了，也許是真的好久沒有鍛鍊。因為背上晴妍的熟睡，讓我不敢大幅度移動，手臂開始發酸，背脊開始僵硬，呼吸也忍不住重了幾分。而晴妍的身體在逐漸下滑的時候，她醒了過來。「嗯？怎麼還沒到？」

「妳睡著了，所以……」

「有嗎？感覺半夢半……啊，雨都停了啊。」晴妍的聲音聽上去帶著些許迷糊，隨後她拍了拍我的肩膀，不好意思地說道：「放我下來吧。」

我的手早就已經酸了，也不推辭，將她放了下來，然後問道：「時間還沒到吃晚飯的時間，不過我們可以找間甜點店，想吃什麼類型的？」

「只選貴的，不買對的。」晴妍嘻嘻一笑，說出一句無厘頭的要求。

而我忍不住苦笑：「我說，雖然我是沒權利對妳的花錢方式說三道四，但考慮考慮我啊，我是薪水階級欸，工作才半年多。」

晴妍不滿地嘟嘴，「追女孩的時候怎麼可以喊窮！這樣怎麼追女生！」

「……反正知道妳的家底，很明顯妳就不是那種會被錢砸暈的類型啊，我花這個力氣幹麼？」

「也對。」晴妍一聽，竟然認可地點點頭，看上去是打算放我一馬了，我不由得鬆了一口氣，但就聽到她話音一轉，得意洋洋地說道：「那我請客好了，我有好多零用錢。」

說著，她就大踏步向前走去，她的腳步跨得很大，手擺起來的幅度也很大，宛若一個心情極好的孩子。

我不由得內心一緊，只覺得這小祖宗可能又要出什麼亂花錢的歪點子了，連忙跟上去。「那個，妳別亂花啦。」

「為什麼？」

「太浪費不好。」我拿出我的手機，決定給她看我在上禮拜就已經計畫好的預算清單，在她眼前一亮，「妳看看我，保證每一塊錢都花在刀口上，而且絕對還能把我錢包裡的四個硬幣都花掉，簡直完美！」

晴妍看了看上面的預算表，然後看著我，眼神如同看從精神病院跑出來的病人那般詭異，「你有病啊？做預算還想著把硬幣花掉？」

我聽到這句話，心裡感到一陣沮喪，只覺得這世上真的知己難尋，但看在還要繼續相處的分上，我決定說明我的生活理念，「有硬幣的錢包和擠上檸檬汁的炸雞塊一樣，都是邪道。」

晴妍的表情如同在數學課上睡醒的學生一般茫然。「啊？為什麼？」

「前者影響觸感，後者影響口感。」

晴妍的嘴角微微抽搐，「我從來不做這種計畫，但我的錢包裡也不會有零錢。」

「為什麼？」我微微一驚，心想這世上莫非不用算帳就可以做到這種事？那確實有必要學一學，可以減少我的勞動付出。

「因為我會把零錢都投到捐款箱裡。」

好吧，原來沒有零錢的最好方式，就是燒錢。

我很失望地發現自己沒有辦法使用這種方式，雖然我偶爾心血來潮也會捐款，但也沒有到一有零錢就丟捐款箱的習慣，「妳這花錢習慣到底是怎麼養成的啊？」

「修元，你知道這世上有一種慘事叫什麼嗎？」

「什麼？」

「人死了，錢沒花完。」

這句話我能夠聽懂笑點，但卻實在笑不出來。這個笑話好笑的地方在於這是真的，而笑不出來的地方在於這不僅是真的，還離我們太近了。

況且，如果晴妍真的瘋狂地把錢花完了，也代表我的工作失敗了一大半。哪怕晴妍沒有做太可怕的事，但如果複製人花掉了還沒來得及成為遺產的鉅款，恐怕也會成為社會話題。而複製人對財產的支配權恐怕也會成為檢討焦點。一個不好，後續的影響很有可能會對全體複製人的權利造成負面影響。

最後我們進了一間充滿蘿莉塔風格的粉紅色甜品店，並在靠窗的角落坐下來。服務生給我們一人遞了一份菜單後，只說了一句有需要請按鈴，便微笑地退下。

我看了看菜單上的價格……

嗯，這價格好有一種出國的感覺。

「你想吃什麼啊？」晴妍好奇地問道。

「呃，還沒想好，妳呢？」我乾笑著，不好意思說自己正在找最便宜的。

「既然還沒想好，就交給我了。」晴妍很豪氣地小手一揮，按了桌鈴，讓服務生過來，而她自己則把菜單闔上，不再看了。

我忍不住問道：「妳對這家店很熟？」

「沒啊，第一次來。」

真奇怪，第一次來的話，應該不會這麼快闔上菜單吧？大多是等服務生過來之後，指著菜單說要點什麼才比較普遍。

服務生微笑著上前，禮貌地問道：「您好，請問有什麼需要嗎？」

「你這裡最貴的，來兩份。」

我發現服務生臉上的表情微微一僵，顯然是晴妍點的內容讓他一時無法理解，但很快就恢復了自然。「是本店的情緣金粉榛子聖代嗎？明白了，請稍等。」

「那個……」我看了看手裡的菜單，發現她點的東西可以抵得上我近半個月的薪水。「妳從小就是這麼花錢的？」

「差不多吧？」

「……妳爸對三個孩子都這樣？」

「沒有啊，就只有我而已。」晴妍托著臉頰，神情略帶迷惘地看著窗外，街道上人潮漸多，太陽逐漸下山，將眼前的一切化為一片紅色。「喂，你說，為什麼中午太陽大的時候，幾乎都沒什麼顏色呢？反而快下山的時候顏色卻濃烈起來了？」

晴妍似乎不太想回答我的問題，這個話題轉得有些生硬，我也不好強迫，可因為不確定這個問題的答案，只好用模糊的語氣說道：「唔，是因為大氣層折射之類的關係吧？」

「不知道人是不是也這樣呢。」

「嗯？」

「人是不是只有到死的時候，才知道自己的顏色啊？」

「……」

「修元啊，你是什麼顏色的？」

是因為看到夕陽，就聯想到自己了嗎？

我有心想要轉移這個話題，「不知道，這個問題太深奧了。」

看著窗外的晴妍沒有繼續深入這個話題，話鋒很突兀地一轉，「知道我爸爸為什麼這麼寵我嗎？」

「曾經有個年幼夭折的女兒，自然讓人心疼吧？」

「嗯，這算是一部分原因吧。」

「還有別的原因？」

「上一個我去世的時候，差不多是四十年前吧。」晴妍說著這句話的時候，彷彿在說一個和自己毫無關係的人那般，「那時候，爸爸只是個普通的工人，而我得了慢性腎衰竭，」

聽到這句話，我忍不住內心一緊。

這個病我聽說過，唯一的治療方式是腎臟移植，這在當下，複製技術大量發展的如今，自然算不上什麼絕症，甚至連醫療費用都因此下降到原來的五分之一。

可如果放在四十年前，這對普通人家來說，不僅是一筆鉅款，還存在腎臟供應不足的情況。在大多情況下，成功得到腎臟移植的，往往是來自於直系親屬的捐贈，比如父母，比如兄弟姐妹。

而如果沒有捐贈者，慢性腎衰竭到了末期，就只能接受洗腎治療，通過儀器來代替腎臟的工作，與其說是治療，不如說是控制。

可這個花費依舊不低，經年累月下來，幾乎沒有家庭能夠承受得了。

既然是這個疾病，我卻忍不住有了疑問。雖然我覺得這並不是天經地義的事，可從余振對晴妍異常的溺愛來看，他沒有選擇捐贈腎臟，是讓我覺得奇怪的地方。

只是，這個問題我問不出來，因為這就和質疑這對父女的關係沒什麼區別。

「……覺得奇怪？」

「不，沒什麼。」

「我不是他的親生女兒。」

「……」我是第一次聽到這個消息，忍不住張大了嘴巴，極為愕然地看著晴妍，「那個，不好意思，我沒聽清楚，妳是說……」

「我不是他的親生女兒，不論是現在的我，還是複製前的我，所以他沒有辦法捐贈腎臟給我……」說到這裡，晴妍苦笑一聲，「我也是這幾年才知道的。」

「那妳的母親呢？」

「離婚了，面對這種沒法治癒，不斷掏空家庭的病，她想放棄了，想申請安樂死，可是爸爸不同意，那她不走還有什麼辦法？留著一起沉船嗎？」晴妍的臉上沒有一絲一毫的怨恨，甚至眼底透著一股憐憫，「然而，爸爸手上最後的一筆錢，就是用來買安樂死的藥的。」

「……」

「所以啊，我爸爸的前半生，可以說就是毀在我手上的……與其說他是寵愛我，恐怕更多是因為『失去了這麼多，還挽回不了我這個女兒』所誕生的不甘心吧。」

晴妍發出一聲輕嘆，她瞇著眼看著窗外的街道，街道一路延伸，隱隱看得到半個夕陽，「所以啊，我真的是個不孝女吧？他都這樣了，我還不去看他，他都這樣了……」

「……」我感覺到自己的心臟有一個極細微的點，隱隱的疼痛起來。那個點太小，小到連疼痛都近乎是一種幻覺。

「……我竟然還有臉活著。」晴妍側著的腦袋微微低下，我看到她眼角的淚光，「我真是個自私鬼，對吧？」

聽到這句話，我感覺到那點疼痛如同墨漬一般，一點點地浸染開來，忍不住伸出手，探過去揉了揉她的頭髮，「說什麼呢！自私鬼和不孝女，才不會露出這副表情呢！」

「啊喲！不要弄我的頭髮啦！」晴妍嘴裡這麼說著，卻沒有拍掉我的手，反而用腦袋掙扎一般地蹭了蹭我的手。「……在你眼裡，我不是這樣的人喔？」

「不是，我很肯定。」這麼說著，服務生端上來了剛才晴妍點的甜點。

聖代被盛放在一只透明的寬口高腳杯裡，巧克力和香草口味的冰淇淋在杯子裡做出漂亮的螺旋狀，三粒陷在裡面的榛子旁插著一根細細的蛋捲，周圍灑了一圈麥片，表面又灑了一層金色粉末，在店內的燈光照耀下，閃閃發亮。

我拿起細長的湯匙，遞給晴妍一支，自己也拿了一支，「先吃吃看吧，融化就不好吃了。」

「今天，我也玩得很開心喔……」

不知為何，聽到這句話的我，心裡卻莫名地一酸，沉默地挖了一勺，往嘴裡塞了一口冰淇淋，結論是：我承認這個很好吃，但實在不覺得這杯東西有到可以抵我半個月薪水的水準。

「我還挺好奇這個金色的調味粉，吃進嘴裡完全沒有什麼味道，原來只是好看用的……」

「嗯，當然，這是黃金嘛。」

……我差點把嘴裡的冰淇淋吐出來，「黃、黃金？」

「可食用黃金，不知道喔？」

「聽過，但這個……」我心情複雜地看了一眼在面前被我挖掉一小口的聖代，只覺得剛才自己吃的一口不是冰淇淋，而是錢。

天色漸漸暗了下來，晴妍消沉的情緒似乎已經被這道獨特的甜品所治癒，輕輕哼起一首不知名的曲子來，曲調悠揚，節奏輕快，讓我也忍不住放鬆了下來。

我突然想到背著晴妍時，聽到的那句夢話，心中一動，小心地問了一句：「晴妍，我們以前見過嗎？我是說小學的時候，妳看，我們是同一間學校的。」

「誰記得小時候的事啊……」晴妍聽到這個問題，嘲諷著回答。「你現在才想出這種老土的搭訕方式？不僅過時，而且用得也不是時候吧？」

她沒有承認，可為什麼不否認呢？

「沒別的意思，就是想問問，以前是不是早就認識了而已。」

「我以前不太合群，而且我們不是同一個年級，你怎麼會覺得我們會有交集？」晴妍眨了眨眼，狐疑地看了我良久，「你怎麼啦，突然問起這些。」

「唔，就是突然想知道啦。」

「知道什麼？」

「為什麼是我？為什麼要讓我追妳啊？妳自己都說不確定我是不是妳喜歡的類型了，如果是妳討厭的類型，我這麼做恐怕會讓妳困擾吧？」

「是啊，也許真的會滿困擾的吧。」晴妍聽到這個問題，並沒有做出正面的回答，反而丟出了一個反問：「那我呢，是你喜歡的類型嗎？」

「所以說，你今天下午到底回答她什麼了啊？」

申屠在我面前急得跳腳，如同一個追劇追了許久，卻一直被無良的製作商灌水劇情的影迷，「你別跟我說你浪費了這種表白的大好機會啊！這可是富婆啊富婆！」

「呃，沒來得及說。」

「啥？」申屠張大了嘴，眼神詭異地看著我，好像我是隻有白菜不知道拱的笨豬。「這都會來不及？」

「呃，她都沒讓我想一下。」我不由得喊了一聲冤，回想起晴妍那滿不在乎的表情，心裡不知為何卻有了一股鬱悶感，「兩秒鐘都不到，她就把話題扯開了。」

「一加一等於幾？」

「如果沒有什麼腦筋急轉彎的陷阱，那就是二吧，怎麼了？」我低下頭開始往籃子裡丟草莓牛奶，和往常一樣，我往裡面丟了兩大包裝。

申屠極為生硬地「呵呵」兩聲，聽在我的耳朵裡如同罵人，「為什麼這個不用想？」

「這個需要想？」

「那她的問題難道需要想嗎？又不是腦筋急轉彎！」申屠不輕不重地刺了我一下。

「為什麼不需要？」我鄙視了一下申屠，「我又不是你，說話可以這麼不負責。」

「放屁！」申屠忍不住吐槽，濃濃的譏諷幾乎在我耳邊要燒起來了，「你都在追別人了，為什麼還需要？」

這句反問倒是讓我噎住了，愣了良久，我才吶吶地說道：「這不是工作需要嗎？」

「既然是工作需要，那正確答案不是顯而易見嗎？」

「……」

「喂，你別和我說你真陷進去了啊……」

「啪！」恍惚間，我的手微微一鬆，籃子便落在地上，我連忙彎腰撿起來，所幸裡面的草莓牛奶沒有出事，長長吐出一口氣，然後轉身踢了申屠一腳，沒好氣地罵了一句：「陷個鬼！你那麼閒，把櫃檯那邊整理一下啊！我走進來的時候就各種不舒服，果然是你那邊的熟食區數量不對！簡直沒法忍！」

申屠一愣，轉過頭朝自己的櫃檯看了許久，還是覺得沒什麼問題，再轉回頭很不滿地說道：「你來之前我剛好整理過了，還會有什麼不對？」

「其他每個格子都有兩份，就無骨雞少了一塊，看過去你就不覺得頭暈目眩嗎？」

申屠氣得翻了個白眼，良久無語，最後在我不滿的目光下嘆一口氣：「修元啊……」

「幹麼？」

「有病就去醫院，過來折騰我有意思嗎？」

「快滾去整理！」

在和申屠一陣嬉笑怒罵之後，我提著一袋子草莓牛奶回家。打開家門的一瞬間，牆上掛鐘的整點報時響起，時間剛好九點。

「唔，老哥，你最近休息日都在外面喔？」蕊兒從廁所探出頭，嘴裡叼著牙刷，白色牙膏泡沫從她嘴角溢出，「有女朋友了？」

「妳以為我想啊？沒法子，加班。」

雖說蕊兒在某個角度上算是說中了一半，但我本能地不想認同這個部分。畢竟，只是一個古靈精怪的複製人丫頭，想在剩餘不多的生命裡找點樂子而已。

畢竟只是工作而已。

畢竟……只有畢竟而已。

蕊兒在我說話的時候拿杯子往嘴裡一倒，漱了幾口後哼了一聲，又往廁所裡走去，最後我聽到水聲落下，然後傳來蕊兒不信任的聲音，「什麼班會在休息日加到九點才回來，而且還是連著加啊？老哥你最近都沒完整地待在家裡一天過吧？」

「偶爾工作是會忙的。」

「老哥啊，你知道人氣偶像很多時候是因為什麼掉粉的嗎？」

「……我哪知道啊？」我本能地對蕊兒追星時那不可理喻的迷妹態度有牴觸，所以故意用一種很不屑的態度說道：「我的生活很豐富多彩，不需要追星，所以不關心。」

「很多人氣偶像，是因為偷偷談了戀愛，卻死活不願意承認，最後導致很多人不喜歡他喔！」

「那是因為很多不可理喻的粉絲不想讓他談戀愛吧？」

「這個我不否認啦，但如果是事實，那麼遲早就會曝光，到時候除了不希望他談戀愛的粉絲會離開他，連希望他有擔當的粉絲也會失望喔。」

我聽出蕊兒意有所指，心裡不由得帶了點火，不知道是因為被冤枉了，還是因為內心某個角度那難以名狀的煩躁，「我都說了沒有交女朋友了，妳還影射來影射去的，妳才幾歲，懂個屁！」

「老哥，這叫女人的第六感。」全部梳洗完畢的蕊兒驕傲地昂著頭走出來，走到我面前，她的身高才到我的脖子處，卻一副吃定我的樣子，「還有喔，你不要吼我，當心我告訴老爸……」

見鬼的第六感，妳就直接說妳沒證據在瞎猜好了！

還有那個女兒控的老頭子也真是無藥可救！

剛才回來時，申屠也一副情聖般的蠢樣！只知道動機不純地招募櫃檯小妹，卻連櫃檯都不知道整理好的白痴！

一個個都不正常！

「哎？老哥，你今天心情不好嗎？」似乎發現了異常，蕊兒的口氣突然變得小心翼翼起來，「生氣啦？」

「……沒什麼，只是有點累而已。」

「喔喔，那我不打擾你，先回房間啦！」蕊兒很乖巧地點點頭，然後從冰箱裡拿出一罐橙汁放桌上，討好般地對我一笑：「我今天也買了一份給你喔！」

這是妳準備明天早上喝的吧？

我終究還是把這句到嘴邊的嗆人句子嚥回肚子，因為我也確實發現了自己的情緒不對。可意識到這點之後，感覺卻變得更糟了。

將草莓牛奶一排五盒，整整齊齊地放進冰箱的冷藏櫃裡，又把蕊兒放在桌上的橙汁放回冰箱，同時嘴裡說道：「不用了，妳留著明天喝吧。」

「喔……」蕊兒老老實實地回房，很罕見地對我說了句：「老哥晚安。」

「嗯，晚安。」

在這之後，我梳洗完，剛準備要回房的時候，卻發現母親從蕊兒的房裡走出來，她的眼裡滿含關注。「聽蕊兒說，你今天心情不好？她這次有點被嚇到了。」

「沒有的事，只是最近加班多，累了點而已。」

「你在工作上的事我不懂，但你也確實要注意一下休息，如果真的心裡不舒服，找媽媽說說吧，說出來，雖然解決不了什麼，但會舒服一些。」

我猶豫了一下，最終還是搖搖頭。「真的沒什麼，只是累了而已。」

母親沒有強迫，只是靜靜地點點頭。「是嗎？那就注意休息吧。」

「嗯，晚安。」

我回到房間，脫掉衣服，換上睡衣，再開始折起衣服。才剛把髒衣服放進洗衣籃裡，便聽到手機裡傳來了訊息提示聲。

我拿起手機，發現是若嵐傳來的。說來也怪，在看到這個訊息的瞬間，我的火氣竟然降了不少。

「睡了嗎？」

「還沒。」

「你這段時間堆積的工作有些多，明天早點來公司，而且一些新的工作內容也會下來，你需要做一些準備。」

「好的。」

「另外，雖然我覺得不用提醒，但姑且還是說一聲。」

「什麼？」

「雖然我們做的是直接面對複製人的工作，但記住，內心要保持距離，不管你的行動有多麼接近他們。」

「我知道，這只是工作。」

「知道就好，明天見。」

「晚安。」我關了手機，內心的火氣消失不見，但卻更顯消沉。

腦中想著那個在夕陽下陷入迷惘的容顏，我閉上眼睛，在睡意席捲而來，失去意識的最後一剎那，我告訴自己——

這是工作，修元，這是工作。

第八章 意外的信件，撕裂的痛楚

因為秀明的事，世間輿論依然被媒體鼓動起來，導致了公司加速本就已經準備中的改革。這次改革有多個方向，最主要的就是增加售後服務部的臨時決斷權。

我們將會隨身配備只針對複製人的武器，還會接受一些格鬥技巧方面的培訓。格鬥技巧方面，會由政府派來刑事領域的資深員警來做教官；至於武器，則是一把槍。

這把槍對準普通人怎麼扣扳機都無效，可是對複製人扣動扳機的瞬間，就會發出特定的訊號，啟動複製人身體內的電流，使其陷入昏迷。

所以與其說這是槍械，倒不如說更接近電視遙控器。

這項武器與原有制度的區別，除了原本的系統判別之外，讓現場人員可以通過判斷，繞過中央系統的審核，直接做出最快的處理。

當然，這東西有射程的限制，原則上是五十公尺，如果碰上陰雨天，可能會受到一些影響。

這個東西不需要經過太多練習，如果瞄準了，自然會看到目標身上的紅外線，再加上幾乎不存在誤傷的情況，公司只要求我們會用就好。

至於一些格鬥擒拿，要求並不算高，給我的感覺更多是鍛鍊體能的一種方式。

但就算如此，當我被程源的第十二個背摔扔在軟墊上時，我覺得自己已經變成一個廢人了。穿著白色練功服的程源雙手扠腰，略帶得意地看著我，用手擦了一把臉上的汗。「怎麼啦，比我年輕這麼多，這樣就沒力了啊？起來，至少得把今天教練教的幾組動作做好。」

「我就兩個要求。」

「啊？」

「你能先去洗個澡嗎？還有啊，你腰上的蝴蝶結能不能繫得對稱一點？」

「……」程源翻了個白眼，彎下腰一把抓住我的衣領，把我提了起來，沒好氣地說了句：「你說你這是什麼毛病啊？」

「人和低等動物的一大區別就是對整潔的需求！」

「我跟你說，聽說下個月還會有特警部隊的教官來，可能會有泥地裡匍匐前進衝過鐵線網之類的訓練喔……」

我聽了這話頓時眼前一黑，接下來只覺得天旋地轉，手腳發軟，「真……真的？」

程源哈哈一笑，然後一本正經地說道：「當然是假的了，這你都信？」

他說完這句，也不知道哪裡來的力氣，我一個背摔就把他扔到軟墊上，力道之重讓他忍不住倒抽一口冷氣，他滿臉痛苦地說道：「這下有點閃到腰了……你動手都不說一聲啊。」

我一下子反應過來，發現自己好像做過火了，連忙把他扶起，不斷道歉，隨後到一旁陪他坐下。

他在一旁坐下後，看向角落裡正在互相練習背摔動作的許渝媛和若嵐。「喂，你和若嵐吵架了嗎？」

「沒啊。」我微微一愣，不知道為何他問出這樣的問題。

「你們最近怎麼都沒說話？連渝媛都沒怎麼搭理你，她最聽若嵐的話了，你是不是做了什麼把若嵐惹毛了？」

做了什麼？我最近什麼也沒做啊？頂多就是花了不少精力在晴妍那裡，讓公司內的文書類工作積得有些多吧，但若嵐明白這也是工作的一部分。

我抓了抓腦袋，仔細想了想，確實在最近若嵐和我一直有意無意地保持距離，甚至包括許渝媛那個可怕的指甲妹在內，她本來最喜歡用她那雙五顏六色的指甲來折磨我，最近卻好像完全沒有這個跡象。

奇怪，都吃錯藥了嗎？

「沒有啊，沒做什麼讓人生氣的事啊……」我嘴裡說著，心裡不知為何卻莫名有點心虛，莫非是晴妍這邊投入太多，讓人不高興了？

呃，若嵐對我應該是沒有什麼興趣的，就算真的對晴妍有好感，也沒有理由不爽才對。

「喔，那可能是我感覺錯了。」程源嘴裡說著，但我看他的表情，很明顯不相信我的話，只是不想深究而已。

看他這個樣子，我自然也沒有辦法進一步解釋，可同樣，我覺得自己也沒有辦法去詢問若嵐和許渝媛的情況。

怎麼問啊？「喂，妳們兩個最近冷淡我好久，人家好寂寞？」之類的？

我冷不防打了個冷顫，將這個可怕而雷人的想法拋到腦後。

「好了好了，今天訓練就到這裡。」一名穿著白色練功服的中年男子用力拍了拍手，他神情嚴肅，眼光如鷹隼般銳利。「以後每個禮拜都會開這麼一堂課，雖然不會拿員警的標準來要求你們，但我希望至少你們在一對一的情況下，不會輕易被人揍倒趴下。」

我聽到整個房間裡充滿了陣陣的嘆息聲，似乎對未來的地獄生活充滿絕望。許渝媛更是很沒形象地一屁股坐倒在地，看著自己手上的指甲欲哭無淚，這讓我有點暗爽。

「另外，請問鄭修元在這裡嗎？」

我不由得一愣，下意識地看了幾個認識的同事一眼，發現他們也是滿臉驚訝，甚至連若嵐都皺起了眉。

「我就是。」

教官點點頭，走到我身前立定，用不容質疑的態度向我說道：「請你立刻前往市立複製人監察廳，有一些事需要您的配合。」

他的口氣讓我有些不舒服，我忍不住皺眉：「配合什麼？」

「調查。」教官很生硬地從嘴裡蹦出兩個字，卻再也不肯多說什麼。「並且從現在開始，你必須盡可能地回避和同事的私下交流，請你務必配合，在公司裡手機請關機。」

「這算什麼？把他當犯人嗎？」

從不遠處走來的若嵐在我和教官之間立定，冷冷地插進話來。「而且也沒有任何事前通知，跟以往的……」

「市立複製人監察廳對這次貴公司在意外事件上的處理方式深感不滿，這算是近些年以來少見的失態，越過管理層直接質詢，也不足為奇。」

說到這裡，教官皺了皺眉，好像想到了什麼不大好的回憶。「另外，最近那件複製人謀殺未遂的事件，受害者的母親向複製人監察廳寄了檢舉信，指稱那名複製人的負責人員存在嚴重失誤，到目前為止，已經累積到第三封了，廳內的壓力也不小，所以請別讓我們為難。」

那個討厭的女人最終還是找我麻煩了嗎？所以這種不顧一切，只知道發脾氣的瘋女人真的讓人頭疼啊，完全不管我是不是那種會報復的人。

若嵐板著臉沉默一會，看了我一眼。「我是他的直屬上司，這件事本就應該由我……」

「我去就好。」我打斷若嵐的話，當著教官的面掏出手機關機後說：「沒事的。」

教官點點頭，嚴肅的臉上緩和了幾分。「謝謝配合，我送你去複製人監察廳。」

此刻已經快到下班時間，我在換好衣服、整理完東西後，便跟著一直在我身邊等我，或者說監視我的教官離開公司。

坐上他的車，前往市立複製人監察廳。

才剛上車，晴妍便傳來了簡訊，雖然聽不到她的聲音，但從句子末尾的波浪線來看，很顯然她很悠閒。

「你下班了吧～」

「還沒有，得加一下班。」我看了看時間，發現才過了正常下班時間的一分鐘，一整個哭笑不得。腦海裡浮現的是晴妍無所事事盯著手機，時間一到便如同運動員起跑般給我發訊息的樣子。

這也太閒了吧？快和等主人回家的柯基犬差不多了。

「工作是什麼感覺啊？」完全沒有打擾到我的自覺，晴妍自顧自地繼續發訊息。

可能在她的印象裡，加班應該就是一種對老闆說「願意給公司超時工作就不錯了，偷一下懶別給我發牢騷」的態度吧。

「沒什麼感覺啊，就是為了生存而在勞動而已。」

「真好啊！」她發了一個訊息過來，配了一個星星眼做羨慕狀的柯基動漫圖。

「唔，為什麼覺得好啊？」

「你覺得不好喔？」

「一般都會覺得不好吧？」我不由得苦笑，「反正我現在的那點薪水，除了養活自己之外，什麼都做不了。」

「活下來是一件這麼不容易的事……你倒是告訴了我一件好事。」

「什麼？」

「……總覺得，如果最後真的沒辦法，也不會太難過了。」

我看到這句話，突然心裡「蹭」地一下冒出了火，抬頭對開車的教官說了一聲：「抱歉，我打個電話給朋友。」

「你隨意就好。」

於是我立刻撥通電話給晴妍。

「喂，你下班了啊？」晴妍的聲音中滿是雀躍，一點都沒有我想像中的傷感。

可正是這一點，讓我感到心裡的火燒得更旺了。

快樂地說出悲傷的事，沒有什麼比這個更讓人覺得揪心和痛苦了。

「妳一天到晚到底在想些什麼啊？」我瞥了一眼開車的教官，儘量壓低嗓門，不讓嗓子裡的那抹火星冒出來。「這個世界上，有人忙著活，有人忙著死，命長的不一定過得好，命短的也不一定就過得糟，大家都有自己的困難，沒有必要羨慕別人，尤其是妳，把時間浪費在這種地方妳覺得好嗎？這樣多對不起妳爸爸給妳的時間？」

我剛說完這句，卻聽到一陣嘟聲傳來，將手機拿下一看，發現已被掛斷電話。

糟了，我是不是有點得意忘形了？

正當我這麼擔心的時候，晴妍發了一條訊息過來——

「謝謝，對不起，但是你吼我，我不想跟你說話，還是發簡訊吧。」

我的心頓時放下了一半，但卻有點委屈。因為我覺得自己已經壓低聲音了，跟「吼」一點關係都沒有。

接下來就是漫不經心的聊天，直到我到了目的地，才和晴妍道別。

所謂市立複製人監察廳，是由自治市政府為了第二人生公司單獨設立的監察部門。成立的目的是為了監督第二人生是否有按照安全標準來製造和回收複製人，其中的工作環節是否存在黑箱操作，以及賄賂問題。

因為第二人生雖然是私人的公司，但由於其產業的特殊性，已經觸及市憲法的管理範圍，必須進行監管。公司是否會為了利益而調整製造以及回收標準，同時在跟進的過程中，是否會出現向客戶索賄或者客戶向公司進行賄賂的跡象，這一切都需要獨立單位的監督。

以監管的方式，來維持自治市內安全數值內的複製人數量，滿足需求的同時，也不讓複製人的數量太過氾濫。因為自從獨立型複製人投入生產，製造的標的便一下子增加了不少。

而因為秀明臨死前所造成的影響實在太過劇烈，雖然沒有真的做到什麼，但無疑讓本就對複製人持有排斥態度的人群大受刺激。

市立複製人監察廳直接向市長辦公室負責，所以來自選票的壓力，會促使複製人監察廳將第二人生公司看得緊緊的。

對公司的內部人員來說，市立複製人監察廳是一個實在不夠友好的組織，這個組織存在的唯一目的就是找碴，並且罰款。

而公司的製造指標以及回收指標，都是由公司內部申報標準，再讓市立複製人監察廳審核通過。也可以說，這樣一個部門，把第二人生公司是吃得死死的。

我也是第一次來這個地方，這個地方比我想像中要小一些，表面上只是一幢三層樓高的商務建築，門口掛著市立複製人監察廳的牌子。

我在教官的引領下，到了三樓的監察長室，教官輕輕的敲門之後，我便被請了進去。進去後便發現一個意想不到的人也在這裡。

是若嵐的哥哥，同時也是第二人生最年輕的董事會成員，林蕭然。

「喔，來了啊。」林蕭然朝我嘿嘿笑了一聲，滿臉的幸災樂禍，「小子看來你惹的麻煩不小喔！」

「林蕭然，嚴肅點，你當這裡是什麼地方？」一陣冷冷的訓斥聲從辦公桌處傳來，我轉過頭去，發現是一位約莫四十歲，穿著西裝的中年男子。

他的顴骨微高，眼窩深陷，神色冷厲至極，說話時也帶著一股威嚴的沙啞，但林蕭然的表情卻依舊我行我素。

「幹什麼？這件事責任本來就不在公司，你傳喚個什麼勁？」林蕭然不屑的「咄」了一聲。

「你可以回去了，下面我要單獨和他談話。」

「走就走，我又不心虛。」林蕭然哈哈一笑，便向門口走來，和我擦肩而過的瞬間，他拍了拍我的肩膀，「不用怕他，有什麼說什麼，我給你撐腰。」

他嘴裡說得大方，但按在我肩膀上的力道，讓我忍不住看了他一眼。只見他神情凝重，近乎微不可見地搖搖頭。

我懂了，他希望我頂住壓力，不要亂說話。

「你就是鄭修元？」

「是的。」

「我是第三組的監察長，姓高名林。」

「幸會。」我謹慎地控制自己說話的內容，盡量讓自己不要說出不該說的話。

「廢話不用多說，我們的關係也不適合套交情。」高林瞇著眼，目光森冷地看著我，「我們直接進入主題，關於LM01276的事件，你有沒有什麼要說的？」

LM01276，我知道這個編號，他指的就是已經死去的秀明。

「沒有，高監察長。」

「可有人說你不僅沒有起到監督作用，甚至在很大程度上放任一位即將死去的複製人隨心所欲的生活，對此你有什麼想解釋的嗎？」

「這一次的事故很讓人痛心，高檢察長。」我咬死這只是一次意外的事故，因為如果真的存在公司責任，恐怕市立複製人監察廳就有足夠的理由向公司的審核標準下手了，「但首先，我是按照工作的規章制度去工作的，我承認自己可能存在疏忽，可是在訊息不完善的情況下，這件事很難事先做出預防措施，畢竟我沒有辦法預料到一間學校裡竟然存在和複製人有恩怨的人，我們的手上只有複製人的資料，市民的個人資訊，市政府並沒有和我們共用。」

「你這是在推卸責任嗎？」高林一下下地敲著桌子，神色嚴厲。他隔著桌子站起來，以一種高壓的姿態探過身子，緊緊地盯著我的眼睛。「你捫心自問，LM01276這個複製人，真的該被製造出來嗎？你不覺得你們的審核機制有問題嗎？」

「高監察長，每年都有犯人被保釋，可被保釋的犯人不是每個人都會徹底從良的。」

高林聞言大怒，他狠狠一拍桌子，發出一聲巨響，「詭辯！那些人雖然是犯人，可是他們是自治市的合法公民！」

從高林身上感到的壓迫感越來越濃厚，我忍不住額頭冒汗，心思電轉不斷想著法子見招拆招，「當然，我並沒有說複製人就等同於那些犯人，他們只是財產而已。」

昧著良心說出這樣的話，雖然是情勢所迫，我終究覺得有些不舒服，頓了一頓。「但這種意外在第二人生公司成立以來也是極為少數的案例，沒有為此達到去動搖第二人生公司審核機制的地步。」

高林聞言，原本就冷厲的臉孔顯得更為陰沉，良久，他才說道：「林蕭然把你調教得很好啊。」

「抱歉，我不明白您的意思，事實上，我遇見林專務的次數，算上這次，恐怕也只有三次而已。」

「是嗎？」高林有些意外地揚了揚眉，良久，他冷笑一聲，「無所謂，總之我算是記住你了……」

說到這裡，他突然伸出手抓住我的領子猛地一拉，將我整個人拉了過去。

「給你一個忠告，不要再出什麼亂子了，否則就不是什麼罰款之類的小事，記住，我盯著你，我盯著你呢！」

隨後，他才手一鬆，放開了把我脖子勒得生疼的衣領。

我皺眉整理自己被拉亂的衣領，然後從褲子口袋裡掏出一條口香糖，放在高林的桌子上。

「幹什麼？」高林愕然。

「請多注意休息，否則腸胃會不好，多嚼嚼口香糖，讓唾液分泌增量，可以促進消化。」

「你到底想說什麼？」

「腸胃不好，容易有口臭，高監察長。」

高林的臉色頓時變得難看無比，他冷冷地說道：「……你可以走了。」

我禮貌地道了聲再見，剛走到門口，就聽到高林冷冷地說道：「等等。」

「還有什麼事嗎？」

「和林蕭然說一聲，那個奧米勒斯教的事，他再不管，我就要管了。」

奧米勒斯教？

我心中忍不住一驚，為什麼市立複製人監察廳的人會注意到這個？

「我能問一聲，奧米勒斯教怎麼了嗎？」

「與你無關，你可以走了。」

教官在樓下等我，並很禮貌地直接把我送回家，臨下車前，教官對我說：

「雖然我是隸屬複製人監察廳的員警，不過……我對你們沒意見，我妹妹也是複製人。」

聞言，我不由得一愣，隨後笑著點頭。「是嗎，謝謝您的支持。」

調查的風波很快就傳遍了公司，這在公司內部算是一件大事。到了週末，至少售後服務部已經無人不知了，大家都對此表示關心。

連最近不是太常和我搭話的許渝媛都來問我情況，我自然說沒事。

話題很快結束，她又要回頭工作的時候，我突然靈機一動。「渝媛，妳是不是有什麼事瞞著我啊？」

「啊？沒、沒有啊。」許渝媛的聲音聽上去有點心虛，但隨即她就發現自己似乎過於示弱了，轉過身不滿地瞪了我一眼，「而且啊，別說得好像我什麼都得跟你坦白一樣啊！」

「真的？」

「愛信不信！」許渝媛撇了撇嘴，就轉過身去工作了。

但我沒有放棄，一直在她背後如同背後靈一般死盯著她。許渝媛自然感覺到了我的目光，她開始不自在地在自己的座位上挪了挪屁股，然後拿起手機看一眼，放下，再看一眼，再放下……

周而復始這麼幾次，最終她轉過頭，滿臉無奈地看著我：「別為難我這種做小的啦，我不好說的。」

「那是真有事了？」

「我真的不好說，反正你有本事去問若嵐姐。」

「我要有膽子問也不……」我的話突然頓住了，因為在許渝媛的身後，她那雜亂的桌子上，那堆沒有放齊的檔案中，露出了藍色的一角。

我熟悉這個藍色，僅僅是看到這個藍色的瞬間，便覺得自己的心臟漏跳了一拍，我忍不住伸出手，指向她的桌子，「這是什麼？」

許渝媛回頭看了一眼，身體也微微一僵，然後乾笑道：「喔，我還沒整理好呢，一會就給若嵐姐送……」

「是自殺申請吧？給我，知道是哪個嗎？第幾封了？」我忍不住微微帶了點火，瞪了許渝媛一眼，「這種事一定要馬上拿出來啊，這可是最優先事項啊。」

「哎，你先別管，這個是給若嵐姐的……你桌上積了不少事呢，今天都禮拜五了，若嵐姐說你得都做完才能走。」

「這也是工作啊，還是最優先事項，我總得看……」我不耐煩再聽下去，直接站起來，探過身子手一伸，果然是一個藍白信封。我坐下拆開信，還沒有看清楚字，語速卻不由自主地慢了下來。「……一……看？」

我好像沒有看清，再看一次。

不對，好像弄錯了。

我抬起頭，看向許渝媛，眨了眨眼，「這是寄錯了吧？」

許渝媛臉上帶著些許驚恐，嘴唇微微顫抖，「修元，你別這樣啊……你別怪我……」

「我怪妳什麼，弄錯不是很正常的事嗎？神經病。」我笑著和她說話，但不知為何，卻發現自己的聲音有點抖。

「沒弄錯。」

「什麼沒弄錯？」我驀地從自己的椅子上站起，發出一聲自己都不敢相信的低吼，剛才幾乎感覺不到的恐慌和憤怒也紛紛浮現。「我這段時間一直都在跟這個案子！這是歸我負責的！是我負責的！」

「一直沒跟你說，這案子其實是我負責的。」

一陣淡漠的聲音從我的背後傳來，我僵著身子轉過頭，看到若嵐不知道什麼時候出現在我身後不遠的辦公桌旁。

她神情平靜地整理桌上的資料，手腳俐落地將檔案歸檔，隨手交給從她身邊走過的程源。「你去檔案室？順便把這個也拿去，一起歸檔吧。」

「喔。」程源神色怪異，似乎感覺到氣氛有些不對，拿了資料就和逃難般一樣地迅速離開，他甚至都不敢朝我看上一眼。

「是妳說這個案子是我跟妳共同負責的。」

「不好意思，計畫趕不上變化，是她要求只由我負責，還讓我不要讓你知道這件事。」若嵐直視我的目光，半分不退，眼底不僅沒有一絲歉意，還帶著些許的失望。「你現在這個樣子，確實沒資格碰這個案子。」

「……」

「余晴妍，編號LM00342的複製人，自殺申請次數已經到第三次了，回收日是後天，這是既定事項了，修元。」

我只覺得頭一暈，胸口如同被馬力十足的火車狠狠撞了一下，劇痛伴隨著難以言喻的失落感，如同感覺自己陷入了另一個詭異的空間，不斷地下沉，逐漸喘不過氣來。「不可能，這一個多月我幾乎每天跟她聯繫，她……」

若嵐不耐煩地打斷我的話。「你該不會是想說，這麼久了你一點都沒看出她有想死的跡象吧？一點都沒有？」

這句話問出來後，我腦海中突然浮現晴妍在瀑布前落下時的悲涼感，以及黃昏下，茫然地等著甜點上來的側臉……

「如果我跳下去，繩子卻突然斷了，就是最開心的死法了吧？」

「我竟然還有臉活著，我真是個自私鬼，對吧？」

「今天，我也玩得很開心喔……」

我低頭看了看手中拆開的信件，又看了看小心翼翼看著我的許渝媛，看了看周圍神情狐疑望過來的同事，腦子一團亂，腦海中她說話的聲音，她說話的樣子在我的腦海裡不斷迴響而碰撞。

我用自己都覺得無力的聲音辯駁，「她還問我可不可以不死的……她明明是想活的……」

「所以你當初是怎麼回答的？」若嵐冷冷地反問。

我愣住了，細細回想之後，突然覺得自己好像失去了渾身的力氣，我一下子坐倒在椅子上，呆呆地看著若嵐。「我……我沒回答。」

「對，你沒回答。」

極致的痛楚，在胸腔裡蔓延，如同心臟在跳動之中一點點被撕開，順著裂痕，把靈魂都撕成了兩半。

我沒回答？都是因為……我沒回答嗎？

我突然站了起來。「我今天想提前下班。」

「不行，你今天還有很多工作要做，應該需要加班。」若嵐毫不猶豫地否決了我的要求，讓我忍不住怒火升騰。

「我有事！」

若嵐神情不變，一板一眼地說道：「請假需要提前申請，所以不行。」

「可是我……」

「按照余晴妍的要求，這件事你應該在後天早上才會知道，今天既然發生了意外，我希望你能克制自己，不要讓大家都難做。」

「克制個鬼啊！」我突然怒吼了一聲，對著若嵐，我把手上的藍白信封狠狠地抖了一抖。「要我嗎？啊？你們都要我嗎？」

我覺得一股怒焰從胸腔燃起，幾乎要溢出眼眶，卻在將眼球燒成灰燼之前，化為了悲傷，幾乎要溶成淚滴，「一個一個，全在耍我嗎？」

「……」許渝媛眼眶微紅，低下頭沒有說話。

而若嵐則看著我，眼底的失望越發濃郁：「修元，這是工作，我提醒過你的。」

喔，原來……她是這個意思啊？

這麼想著，我卻連驚訝的情緒都懶得浮起，雙手緊握，將頭無力地磕在桌上……

我沒有看出來。

我竟然，什麼都沒有看出來。

「你明天還有和她的約會，記住，別讓她看出來你知道了。」

我茫然地抬起頭，這才想起明天還要和她去以前的國小逛逛，說是要一起懷念以前討厭的日子。

我該怎麼讓她回心轉意？

「不要做多餘的事。」

「……」我沒有理會若嵐。

「別把她的最後一次約會搞砸了。」

第九章 快樂的麵衣，悲傷的內餡

星期六，陽光正好，天氣開朗得完全不在意我的心情，太陽自顧自地發光發熱。我拖著無力的身軀起床梳洗，在餐桌上，母親問我是不是不舒服。

我笑著說沒事，過幾天就好了。

母親點點頭，微笑地給我鼓勵——只要想過，什麼關卡都能過去，過不去的，只有內心而已。

是的，只有內心而已。

懊悔、自責和被欺騙的憤怒以及悲傷纏繞著我，只覺得思緒比往常慢了半拍。

「老哥，你被甩了嗎？」蕊兒忍不住好奇問了一句，卻被母親瞪了一眼，不由得吐了吐舌頭不說話。

「……只是工作而已。」我低聲說道。

「那就拿出工作的態度來。」老爸在一旁冷不防地插了一句，我抬起頭看向他，卻發現他竟然把自己盤子裡的一大塊培根放到我的盤子裡。「人很多時候能做的，僅僅就是盡量少留一點遺憾，卻不會沒有遺憾。這世上，總有一些數字，是除不盡的，剩下那點餘數，只是拿來回憶的。」

「嗯。」我應了一聲，也沒道謝。在食之無味的情況下，解決了早餐，幫母親把盤子都洗了之後，便出了家門。

我的國小母校叫做御苑國小，名字聽上去似乎很貴氣，但實際上只是一所稍微有點錢的私立國小而已。教育的年分並不算長，所謂的名人校友錄，雖然有不少，但也不是特別出色。

我到了校門口的時候，晴妍還沒來。於是我乾脆在校門口不遠處的阿勃勒樹蔭下站著，以遮擋逐漸熾烈的陽光。

手機傳來簡訊，是晴妍的，她問我到了沒有。我看了看四周，沒有發現她的身影，所以猶豫了一下，只說了一句還沒到，同時問了一句她到了沒有。

我不希望因為我到了的關係，讓她變得手忙腳亂。

「我到了喔！」身後不遠處傳達室的窗戶突然探出一顆腦袋，我愕然轉身，發現那張笑靨如花的容顏，滿臉俏皮的問我：「為什麼騙人說沒到啊？」

陽光透過阿勃勒的間隙，在她臉上灑下斑駁的光影。她的短髮側著垂下，瀏海因為她的姿勢略微凌亂，卻更顯純真。

為什麼，妳還可以露出這麼開心的笑容呢？也是，如果沒有這張笑臉，我又怎麼會如此輕易地被迷惑呢？

「……妳怎麼在那裡面？」我快步走過去，內心裡有些尷尬。

「我先到了，但時間還沒到，剛好大叔來啦。」晴妍嘻嘻一笑，她指了指一旁頭髮花白、舉起帽子向我笑咪咪致意的大叔。「以前大叔常給我零食呢！」

「您好。」我有些侷促地向老先生問好。

「聽晴妍說，你以前也是這間學校的學生，」大叔露出慈祥的笑容，「都長這麼大了。」

他說到這裡，話鋒一轉，「行了，那就進來吧，今天星期六，也沒什麼人上課。只是二號樓有活動，今天租出去用來考外文了，那裡你們別去，其他的，都可以隨便逛逛。」

「謝謝。」

而我和晴妍穿過傳達室，走向校園的瞬間，卻聽到傳達室大叔傳來一句：「加油嘍，晴妍很不錯的。」

聽到這句話，我不由得打了個哈哈，含糊著應付過去。而晴妍則大步向操場走去。

她走到一組單槓前立定，「嘿咻！」一聲，俐落的撐在槓上，整個人筆直地懸空，在上面翻了下身子才落下地來，隨後充滿意外地笑道：「哎，居然做成了，還以為不行了呢。」

不知道是不是巧合，這個地方，剛好是我小時候曾經和那三個男孩子打架的地方。

「我沒想到妳和傳達室大叔關係不錯啊……」

「怎麼？有點意外嗎？」

「因為聽妳說妳也不喜歡這裡，還以為……」

「我小時候長得超可愛，比較受大人歡迎啦，但小孩子們都不大喜歡和我玩。」

雖然我覺得自己誇自己超可愛這點很怪，但還是忍下了對此吐槽的欲望，「為什麼？」

「因為大人給我的零食，我從來不分享吧。」晴妍不確定地說出這句話，而後不服氣地哼了一聲，「那都是我的，我才不給他們呢。」

我聽了這句話，忍不住好笑：「妳小時候很饞嗎？每次都自己吃？」

「不是啊，是一直饞到現在，不僅僅是小時候而已。」晴妍做得意洋洋狀，彷彿這是個多麼偉大的優點。「學校對面的商店，裡面的零食我全部都吃過，不過有時候零食太多了，吃不下也會丟掉，哼，反正就是不給他們。」

「寧願丟掉也不給其他人？為什麼？」

「如果我給他們，他們就願意跟我玩，不給他們，他們就不理我的話……我寧願丟掉。」晴妍孩子氣地用腳在操場上踢了一下，細小的石子在地上滾動著飛躍而出，「否則像在討好他們一樣，我不喜歡。」

「不喜歡的，是指用零食討好他們的自己嗎？」

晴妍聞言，微微一愣，噘起嘴，沒好氣地瞪了我一眼，「好啦，我承認我小時候看過你打架啦，但不認識你，是後來問人才知道你的名字。」

心中的懷疑就這麼簡單地被識破，然後告訴我答案，我心裡卻沒有感到任何的快樂。我臉上帶笑，卻同時聽到內心深處另一個自己在和自己說——

她不想瞞了，是因為沒有時間了而已。

心裡的酸楚漸濃，我連忙用自己的笑聲去壓下，卻發現那抹酸楚逐漸化為隱隱的痛楚。「小女生就這麼喜歡看男生打架嗎？」

「你都打輸了，有什麼好看的？」

我忍不住反駁，並訂正她的說法。「……那不能算輸吧？他們都跑了。」

「只是上課了而已吧？」晴妍不屑地撇了撇嘴。

「為什麼就和別人打了一架，妳就記住我了呢？」

「因為，就是因為你說的話，我才停止給別人零食喔……」晴妍哼了一聲，略帶埋怨地說道：「我國小大部分時間都被孤立，就是因為你說的『他們都討厭我，我不想最後連自己都討厭自己』。」

「原來……這樣啊……」我聽到這裡，頓時有點尷尬，原來讓她不喜歡這間學校的源頭，居然很大一部分是來自於我，「那還真是抱歉啊。」

「為什麼道歉？」

「呃，因為我，所以在這個學校被孤立啊？」

「為什麼你覺得我給他們零食，就不會被孤立呢？」

「是妳剛才自己說的啊，如果給他們零食，他們就會和妳玩啊……」

「在給他們零食的條件下，他們陪我玩，就不叫孤立了嗎？」晴妍的反問讓我無言，她很執拗地搖搖頭，「只要被討厭，那就是被孤立，無論他們陪不陪我玩，本質都是一樣的，陪我玩不是因為喜歡我，而是喜歡我給的零食而已。

其實我當時就覺得很奇怪啦，明明大家都在陪我玩，為什麼我還是覺得很難過呢？後來見了你，我就明白啦，最終就做出了選擇——相比讓別人討厭自己，我更害怕讓自己討厭自己。」

「妳比我強大太多了。」我忍不住搖頭苦笑，「妳好歹還是有零食分的，即便妳覺得用零食找來的朋友是假的，可終究可以過得舒服一些；不像我，小時候一點都不討喜……如果真的有方法可以讓大家喜歡我，我說不定還是會妥協呢。」

晴妍卻連連搖頭，很誇張地用雙手捂住耳朵，「我不聽，總之，我當時覺得，你好厲害，即便……有點鼻青臉腫。」

「所以，就因為那件事，妳才出了這個鬼主意嗎？」

「什麼鬼主意？」

「讓我追妳啊。」

「嘿嘿！」晴妍卻在此刻笑而不答，也不知道她是默認還是否認。

我頓時感到不滿，很失望地說道：「到底是不是啊，妳倒是給句話啊。」

「我才不告訴你。」晴妍哈哈大笑著，沿著操場奔跑起來，「我就喜歡你搞不明白，但又拿我沒法子的樣子！」

我也一路小跑跟了上去，「那我到底追到妳了沒啊？」

晴妍只是笑著向前跑，促狹地回頭看我一眼，卻依舊不給我正面回答，而是一語雙關，「你追得上嗎？我跑得很快的！」

如同喜歡惡作劇的貓，我始終沒有辦法摸準她的心意。無論喜歡的，還是不喜歡的，她都會去接觸。無論此刻是悲傷的，還是喜悅的，她都願意在這一天發出如此開懷的笑聲。笑聲傳得很遠，遠到幾乎每一赫茲都細分出來，傳入我的耳中。我只能感覺到她此刻的快樂，雀躍，還有那一份惡作劇般竊喜。

宛若那一封藍白信封，是假的一樣。

她怎麼能捨得呢？

她怎麼能捨得，這個可以讓她發出如此快樂笑聲的世界呢？

妳明明就應該不想死……才對啊！

妳怎麼可以帶著這樣由衷的喜悅笑容，去決定自己的生死呢？

轉了半圈，太陽迎面將光芒灑過來，我跟在她身後，看到她的影子在我身前躍動。忍不住追上去，腳踩在她的影子上……可踩到影子，卻依舊無法讓她的腳步慢上哪怕半分。

我一邊沉默地追逐，追到身體開始冒汗，追到晴妍也開始氣喘起來，我開始了問話：「晴妍，我到底還要追妳多久啊？」

「追到我滿意為止，呼！」

「晴妍，如果追到了，妳能不能告訴我一聲，好讓我安心呢？」

「好啊，呼！」

「晴妍，再跑一圈就別跑了，行不行？」

「好啊，呼！」

「晴妍，跑完後，我們去吃東西吧。」

「好啊，呼！」

「晴妍……妳可不可以不死啊？」

這句話說出來的瞬間，我的大腦一陣空白。我不知道我為什麼會說出這種完全沒有在計畫之內的話。

平常三思而後行的習慣在這一刻不知為何拋之腦後，彷彿另一個靈魂在身體內甦醒，順應著生理上的衝動，就這麼自然而然地說了出來。

我突然有了覺悟──對了，所謂計畫，在我看到那封自殺申請的時候，就已經打破了啊……

聽到我的問題，晴妍的腳步慢了下來。她緩步走了一會兒，旋即轉過身，面對著我倒退走了幾步，輕微地喘著氣，雙手扠腰，臉上的笑容終於變得不再那麼開懷，而是變得緬懷，好像想起了多年以前的事那般，「這問題，好像在哪裡聽到過呢……」

「……」

「我本就不打算再問了，可你為什麼問出來了呢？」

我曾經對這個行為做出了自己的解釋，但在此時此刻，我卻知道這是一個不能拿出來的答案。

「是因為你說的『人這一輩子，總得做一些徒勞的事』嗎？」

「我不是這個意思。」

「可是你看，你自己都把答案找出來了。」晴妍伸出手，指著我的臉，「你的臉，不是已經有答案了嗎？這張，快要哭出來一樣的臉。」

我很確定自己臉上沒有要哭的意思，可晴妍卻很蠻橫地認定了這一點。彷彿她指的不是我的臉，而是我的心。

「……」

「喂，修元，你不會，真的喜歡上我了吧？」

我心裡忍不住一慌，頓時手忙腳亂結結巴巴地解釋：「……不是，只是……」

「我開玩笑的，別當真。」晴妍微微一笑，她看上去確實不在意這個問題的答案，只是眼裡開始出現了惆悵，「我以為，那個女人的口風會更緊一點呢。」

「是我自己發現的，她沒有主動告訴我。」

「是嗎，那就沒辦法了，真可惜……」晴妍輕嘆著，卻沒有太多濃郁的情緒，更像是一位發現因為睡懶覺浪費了雙休日玩鬧機會的孩子，「我以為今天也會玩得很開心呢。」

「所以，晴妍，明天妳能不能……」

「不能。」晴妍迅速打斷了我的話，速度快得讓人驚訝，快到讓我反而感覺到她內心的恐懼，她甚至不願意聽我說的話。

「……」

「我是好不容易才下定決心的，修元。」

「既然決心下得這麼艱難，那麼自然還有轉圜的餘地。」我走向前，抓住她的肩膀，她輕微地抵抗了一下，就沒有再掙扎了。「這個世上，妳沒有一點迷戀嗎？」

「……」她怔怔地看著我，眼裡的情緒變得複雜起來，那一抹不顧一切的快樂主義氣息似乎從她身上一點點逝去。

我看著她那雙眼睛，「不，妳有的，妳有好多迷戀對吧？即便不是喜歡的餐館，妳都會去排隊；即便是華而不實的甜品，妳也會花一筆錢去試試；即便時間已經不多了，妳還是在抓緊時間玩樂……」

「夠了。」晴妍在我和她之間抬起手，並向外一撐，掙開了我的手，她後退幾步，「已經決定了，修元，不要再增加我的快樂，還有痛苦了。」

「到底是為什麼啊！雖然不指望長命百歲，可為什麼啊！」

「我撒嬌耍賴了一輩子，已經很好了，已經很好了，很好，很好……」晴妍微微一笑，她抬頭，用手遮擋住陽光，瞇著眼，強迫自己看向太陽。陽光很刺眼，所以看了一會，她眼淚流了下來。

她的雙肩微抖，抽泣著說話，帶著一點點鼻音和哽咽，「好到讓我害怕，害怕自己不知道什麼時候就走了，害怕自己連害怕都來不及，害怕這樣的日子，突然就沒有了。」

她淚流滿面，卻也笑容滿面，神情帶著不捨，更多的卻是滿足。「我已經開心很久了，總得留一些時間，還給我爸爸……讓他最後，可以走得漂亮一些。」

我忍不住後退了一步，聽到她這句話，我一下子明白了她的動機。即便她從來不去醫院看望余振，即便她用十分隨意的態度揮霍余振給她的資產。即便在心底的某個角落，她恐懼自己身為複製人的身分。

「我毀了他的前半生，不能連最後都毀了。」

晴妍的這句話，讓我陷入了沉默，我沒有辦法說出讓她別在意余振這種話。因為她沒有辦法不在意，我完全能夠理解，她對余振那無可替代的感激。

「修元，我想拜託你一件事。」

「妳說。」

「明天，還是你來吧。」

「……」喉嚨乾澀到一句話都說不出來，我沒有辦法應聲。

明天，就是她指定的回收日。

「為什麼要我來？而不是妳改變主意？」

「今天的約會被搞砸了，你得賠我一個。」

「……」

「你不願意為我送行嗎？」

「……」

良久，晴妍開口了：「算了，不勉強你，反正本來就是心血來潮，今天就到這裡吧。」

「等、等等。」

「對不起，我今天，不想玩啦……」晴妍說完這句，也不等我的反應，就轉身離去，很瀟灑地背對著我擺手，「你也回家吧，你好久沒有在家休息了吧？」

而我在她身後，下意識伸出手想要挽回，卻硬生生地停住，看到她在指縫之間漸行漸遠，卻連一句「等等」都說不出口。

我沒有回家，因為我不想編理由來面對家人的好奇。我也不想去公司，因為我正對自己的這份工作成績滿是羞愧。

我到底在做什麼啊？

沒有讓晴妍收回死志，甚至連像樣的反駁，我都沒有辦法做出來。不僅如此，我還搞砸了晴妍在回收日前最後一天的快樂。

算了。

這樣也可以吧？只要到最後，沒有出什麼亂子，恐怕公司也不會說什麼，甚至若嵐都不會有什麼責備的心思吧？

我隨便找了一家咖啡店，點了一杯黑咖啡就坐進去，一手支著臉頰，看著窗外，但腦袋裡卻是一片空白。

思緒一團混亂，不知道該說什麼，該做什麼，不知道該和誰說，也不知道該往哪裡走。如同進了玻璃瓶裡，卻再也出不去的小老鼠，能感受到焦躁和絕望，以及無力的滋味，卻被禁錮在原地。

正發著呆，手機卻來了電話，我看都沒看，便隨手接起，裡面傳來了申屠的聲音。

「喂，帥哥，玩得怎麼樣啊？」

「……這是工作，我沒有在玩。」我的聲音連我自己聽上去都是有氣無力的，估計申屠也能聽出來，可我卻沒有餘力去在意了，「怎麼有空打電話給我？」

「我招到人了，嘿嘿！」

「喔，恭喜。」

「怎麼，不開心喔？」

「……沒什麼事，我就掛了。」

「哎等等等等，我們是好朋友，好朋友就要學會分享和分擔，有什麼難過的事說來聽聽讓我爽一下。」

我面無表情地把電話掛了。但隔不到三秒，電話重新響起，我皺著眉接通，

「我今天真沒心情。」

「不意外，我早就知道你肯定有一天會這樣。」

「……」我忍不住皺了皺眉，心想這真不是一句討喜的話，可心底終究還是好奇他為什麼這麼說，於是我一言不發，等著解釋。

「從你分不清這到底是工作，還是真的追女生開始。」

看來他真的明白發生的事是關於誰的。

「我知道這是工作。」

「可你不想這是工作。」

「……」

「這就是問題，修元，你到底是在工作，還是在約會啊？」

我覺得自己的心臟突然一堵，有些不舒服，忍不住反脣相譏：「如果你想說我應該公私分明，我會覺得這句話從你嘴裡說出，沒什麼說服力。」

「你弄錯了。我想說的是，當把妹和工作不能兩立的時候，你應該優先選擇把妹。」申屠一本正經地胡說八道，頗有他的個人風格，因為他平常就是這麼做的，「知道為什麼要這樣嗎？」

我沒好氣地說道：「有話快放。」

申屠沒有吐槽我的用詞，而是繼續他的那套把妹優先的理論，「當你開始猶豫，就代表你心動了；心動了，你覺得你還分得清公私嗎？那還不如徹底當作私事。」

我不由得開始不耐起來，「你到底想說什麼？」

「別拿工作當理由，來掩飾自己的懦弱，永遠不要拿背脊對著女生，膽小鬼。」

「……」

「就這樣，掛了。」

我愣愣地看著被掛斷的電話，心裡沒有被冒犯的不悅，而是驀然發現，心底的那一角是如此不堪。

就該這麼結束嗎？

還是說，已經結束了？

「別把她的最後一次約會搞砸了。」

不知為何，我突然想起了若嵐昨天對我說的這句話。當這句話的記憶如同電流一般在我腦中掠過之後，我忍不住打了個哆嗦。

不，還沒完呢！

順應著內心的衝動，我撥了一通電話。「若嵐，有事想要和妳商量。」

第十章 懷中的眼淚，殘忍的告別

這世上有很多巧合，巧合到了會讓人忍不住去懷疑命運是否真的存在。我站在小時候常來的公園涼亭裡，發現自己和晴妍的另一個交集。

天氣多雲，卻沒有到陰天的地步，帶著微風；比起炎熱的昨天，我更喜歡這樣的天氣。夕陽已然逐漸落下，我看著晴妍對著夕陽深深做了一個深呼吸，彷彿要把這個世界全部吸到肺裡，讓她可以徹底記住這個世界的氣味。

「妳以前常來這裡嗎？」

「以前的我來過，生病的時候。」晴妍指著不遠處，在幾棵阿勃勒附近，已然有了鏽跡的鞦韆。「聽爸爸說，我就是在那裡走的……所以，我想，如果要離開，這裡是最好的地方了。」

沉默了一陣子，晴妍又對我說：「我以為，昨天應該是最後一面了。」她微笑著向我說道：「謝謝，你今天還是來了。」

「……嗯。」

「讓你為難了，對不起。」

「沒有，我願意的。」

晴妍蹲下身子，摸了摸被我牽在手邊的柴柴，柴柴溫順地拿自己的腦袋蹭了蹭，「是嗎？但感覺你昨天不怎麼願意呢，為什麼改變主意了？」

「因為發現，有些事如果逃了，恐怕就得逃一輩子。」

「那……」晴妍向我伸出白皙的手，柔嫩的肌膚似乎吹彈可破，我能清晰地感受到她身體裡那充滿活力的生命，「你願意幫我嗎？修元？你願意……」

晴妍的眼眶驀然紅了起來，她張了張嘴巴，逼迫自己將那句話說出來——

那句話說出的瞬間，我感覺到耳邊吹拂而過的風都停了下來。

「你願意……幫我去死嗎？」

我伸出手，抓住她冰涼的手，輕輕地應了一聲。

「謝謝你。」晴妍的眼淚如斷線的珍珠，落了下來。每落下一滴，我的心臟就彷彿抽疼一下，「雖然……雖然已經下了決定，但事到臨頭……」

她臉上帶著淚珠，眼神充滿了無助和恐慌，卻強迫自己露出些許笑容，如同帶著露珠的荷花，「事到臨頭，果然還是會怕。」

「每個人都會怕。」我將手裡那冰涼的手握了握，試圖傳遞出哪怕只有一絲的勇氣給她，強自露出微笑：「有我呢。」

我已然決定為她送行，不會說出任何一句勸阻的話語。就像她要求的那樣——不要再增加多餘的快樂以及痛苦了。

因為快樂，所以留戀，因為留戀，所以痛苦。

「會痛嗎？」

「不會，就和睡著一樣。」

公園的阿勃勒已然全部盛開，金黃色的色澤在光線減弱的天空下，依然散發著屬於自己的光輝，金黃色的花瓣中，夾雜著幾枚草綠色的莢果。重壓之下，枝頭柔和地垂落，花序隨風搖曳，不時落下如雨般的花瓣，如同夢境。

「還真是挑了一個好時候，聽爸爸說，我當年走的時候，也是這個季節呢。」晴妍走到鞦韆處，坐了上去，「而病還沒有那麼重的時候，他經常幫我推鞦韆。」

聞言，我便走到晴妍身後，「我幫妳，妳抓住。」

晴妍應了一聲，而柴柴則興奮地在晴妍面前吐著舌頭，牠似乎已然意識到有什麼好玩的東西要出現了。

「推大力點！」

我的手按在晴妍的背上，隨後用力一推——

那充滿快意的笑聲便洋溢在公園裡，她向前飛起的剎那，頭髮後飄，露出那張滿足的笑臉，雙眼微閉。笑聲似乎驚醒了那幾棵阿勃勒，空中有黃色花瓣如雨般落下，飛入她的頭髮，她沒有在意，反倒是讓那片花瓣變得更像髮飾。

「再高點！」

我悶著頭，在她的鞦韆落下的剎那，使勁地一推，她以更快的速度往更高的方向飛去，如同一隻自由的鳥，展翅高飛。年久失修的鞦韆因為我用力的推動，發出些許不堪重負的咿呀聲，聽上去似乎有些危險，但我和她都不在意。

倘若離去是必然，危險也只是點綴的風景。

柴柴拖著輪子，略帶興奮地讓在一邊，晴妍每落下一次，牠便低低地叫上一聲。

晴妍笑聲不斷，我也不斷宛若發洩一般，在她背後推著。我想將她推上天空，可畢竟人力有時而窮，她終究還是會落下，逃不開地心引力，逃不開被鞦韆限定的範圍。

因為終究逃不開，她的笑聲漸漸哽咽，可她依舊在笑，努力地笑，只是我已然分不清這其中還剩多少快意。

酸澀如同墨漬一般在心裡化開，越來越濃，逐漸變成了一絲絲痛楚，隨著眼前的黃色花瓣，滴落土中，再也分不開。

「夠了，讓我下來吧。」晴妍突然出聲。

我心裡驀然湧現出強烈的不甘，沒有聽她的話，在她的背後又使勁推了一把。這一次似乎推得特別順暢，從觸感中便可知道她的背已充分受力，在她的一聲驚叫之中，她高高飛起，幾乎與地面平行。

恍惚間，抬頭看去，她已然同天空融合在一起。

隨後，在我不甘的注視下，她再一次地落下。而這一次，我沒有再推了——終究不是鳥，人又怎麼會飛呢？

她沒有用雙腿停下鞦韆的搖擺，而是伸得筆直，似乎就怕不小心碰到地面，鞦韆就停了。隨著擺動幅度漸小，她也收起笑聲，沉默著，將腳踏在已然不會在她面前移動的地面上。

晴妍站起身，走向涼亭，我牽著柴柴跟在她身後。

「這是什麼？」

她指著我放在涼亭裡的金屬箱問道。

我沒有馬上搭話，而是在她面前將箱子打開，從裡面拿出藍白信封放在涼亭的椅子上，隨後又將代表晴妍的天堂鳥以及用來安樂死的藥物。

「好漂亮。」晴妍看著裝在瓶子裡，還未開花的天堂鳥，由衷地發出讚歎，「可惜沒有開花呢……」

「……」

「它會開花嗎？」

「會。」

晴妍的語氣裡充滿了憐憫和希冀，或許還有同情。「即便裝在瓶子裡？」

「嗯，即便裝在瓶子裡，它也是會開花的。」

「怎麼樣才能開花？」晴妍好奇地問，她提出了一個讓我幾乎無法呼吸的問題，「我想要看看。」

她看得到嗎？

我不知道這個問題的答案。因為天堂鳥的開花，是和晴妍死去的過程同時開啟的。如同此刻逐漸落下的夕陽，本就代表了白晝的結束，以及黑夜的開端。白晝和黑夜，究竟有沒有會面，卻無人可以分得清。

「如果可以，我希望它永遠都不會開。」

晴妍微微一愣，隨即恍然大悟地看著天堂鳥的瓶子。我知道她看到了天堂鳥的編號，良久，她充滿感嘆地說道——

「原來要我走了，它才會開嗎？」

「……」

「修元，我還是有點怕。」

「……」我沒有勇氣說「別怕」兩個字，面對這個結局，怎麼可能有人不怕呢？

「……即便你說不痛，和睡著一樣，我還是怕。」晴妍充滿沮喪地坐在涼亭裡低下頭，「原來，我怕的不是疼啊……」

世上最可怕的本就不是疼，而是遺忘，或者被遺忘。

「修元，我想再玩一會，但……我分不清是真的想玩，還是只是單純的害怕。」

「既然妳害怕，那……」我話到嘴邊，硬生生地把後面的「那就算了吧」嚥下，而是咬著牙說出那句連我自己都不敢相信的話。「……那我來幫妳吧。」

晴妍睜大眼睛看著我，用一種我根本無法分辨的情緒，輕聲問道：「……修元，你是要殺了我嗎？」

「……是。」我不知道自己是用什麼樣的表情說出這個字眼的。

晴妍笑了，然後流下淚來，「對不起啊，是我膽子小。」

「不，妳是我看過最勇敢的人了。」我強自開著玩笑：「我連高空彈跳都不敢玩呢。」

「今天，可以待到幾點啊？」晴妍問道。

我避開她的目光，「公司的人，六點會到。」

回收這兩個字，我無論如何都說不出口。

「嗯，那就不能太晚，讓他們加班不太好。」晴妍故作輕鬆地說著，彷彿定下死去的時間，就和吃完飯把自己的碗洗了，不給家人添麻煩般無足輕重。

時間，還有一個半小時不到。

「有紙筆嗎？我想寫點東西留給別人。」

是想寫遺書嗎？這個東西自然是有的。在回收日，金屬箱子裡會有錄音筆以及攝影設備，以及紙筆。

都是為了在有需要的時候，讓複製人留下自己想留下的痕跡。

「……有。」我彎下腰，從金屬箱的蓋子裡，抽出兩張信紙，將其夾在墊板上，隨後再拿出還沒用過的藍白信封，連同一支原子筆一起給了她。

晴妍接過，然後身體一轉，將身子靠在涼亭的柱子上，雙腿抬起放上涼亭的椅子，墊板被她放在大腿上。她出神地望著空白的信紙，手裡拿著原子筆，無意識地抵在嘴脣上撥弄，如同在考場上思考的學生。

良久，晴妍用筆尾敲了敲自己的額頭，苦笑著說道：「想到了好多事，但卻不知道該從哪裡開始寫啊……」

「從最重要的部分開始吧？」

「唔。」

晴妍應了一聲後，便開始動筆寫了起來，中間時不時地停下思考。公園裡變得安靜起來，不過倒是有一對類似情侶的男女走過來，在看到我和晴妍在涼亭之中，便相視一笑離去。

太陽還沒有完全下山，公園裡的燈便打開了。橙黃的燈光在夕陽中染上一抹殷紅，照在晴妍的臉上。

她一邊寫，一邊笑。

她一邊寫，一邊哭。

黃色的花瓣被風吹到她的腳邊，柴柴安靜地趴在地上，烏溜溜的雙眼，就那樣漠然地望著我。

我突然覺得，眼前的這個場景，我恐怕一生都沒有辦法忘卻，也不想忘卻。

當太陽徹底落下，公園裡橙黃的燈光越發顯眼之時，晴妍把筆停了下來。她小心翼翼地將兩張信紙折好，放入信封，並用信封上早就準備好的雙面膠，將其封好。

全部完成之後，她把所有東西遞了過來，微微一笑，眼裡有著說不出的滿足。「好了，我寫完了。」

我沉默著，沒有接過。

晴妍的身子在涼亭椅上一探，向我靠攏，硬是把信封和筆以及墊板塞到我手上。「把它寄到我家，就這樣吧。」

「……」

「時間差不多了，修元。」

「……」

「送我走吧。」

我將手裡的東西慢條斯理地整理好，一件一件的放入箱中，隨後，用微顫的手拿出藥瓶。不知道為什麼，這一次的瓶蓋被轉得特別緊，我竟然一下子打不開瓶蓋。

晴妍突然將瓶子從我手裡搶過，而後一下子就將瓶蓋打開，再把已經開蓋的瓶子遞給我，我茫然地接過。

「要殺了我，力氣比我還小怎麼行？」

「對不起。」我遞了一瓶水過去，而晴妍沒有接過。

我露出滿懷疑問的目光。

晴妍問道：「我用含的可不可以？」

「……藥是苦的。」

「我沒有嘗過，我想試試。」

她依然對這個世界充滿了好奇，哪怕是毒藥，她都不願意錯過體驗。我沉默著將藥丸倒入手中，向她遞去。

她依然沒有接過，只是看著我手上的藥丸，臉有些白，又抬頭看看我，然後如同撒嬌一般，將嘴巴張開，眼睛卻已然閉上。

「啊——」

她發出了孩子氣的聲音。

對了，是我要動手來著，怎麼能讓她自己嚥下？

「我要殺妳了。」

「啊——」

「妳抵抗……也沒用了。」我忍著鼻子的酸意，將那粒藥丸放入她的嘴中。我的手指觸碰到她柔軟的脣瓣，然後我看到她臉上露出羞澀的紅暈。

如同含著喉糖那般，她閉上了嘴，仔細地品嘗藥丸的味道後，微微苦著臉。

「是有點苦啊……」

而後，她看向我放在一邊的天堂鳥，看到玻璃瓶裡逐漸飄散出如同螢火蟲一般的光點，雖然還沒有開花，她還是讚了一句：「好漂亮啊……」

可說完這句，她的身體就軟了下來，幾乎要摔下涼亭椅子。我連忙過去扶住她，順勢讓她倒在我的懷裡。

「哈……哈哈，藥效，怎麼這麼快啊……」

「我也不知道。」

「還沒讓你追到，就讓你占便宜啦……」她用近乎呢喃般的語調，輕聲責怪我的失禮。「唔，除了苦，還有點麻啊……」

說話間，她的身體越發無力，我將她抱得越發緊，我甚至忍不住問了自己一個極傻的問題——是不是只要抱得緊了，她就不會走了？

「喂，晴妍。」

她沒有理會我，只是吃力地睜著眼，看著玻璃瓶裡被螢火蟲般的光芒包圍，卻依舊沒有綻放的天堂鳥，露出虛弱的笑容，「好美啊……」

「都最後了，我就問一句，到底，追到妳了沒啊？」

「……」

「晴妍。」

「喔，花開了啊，好漂亮。」

聽到這句話，我忍不住也看向玻璃瓶，卻發現天堂鳥依然沒有開。我低下頭，發現晴妍的雙眼已然沒有了焦距。

是產生幻覺了嗎？

我心裡發酸，便不再奢望還能得到什麼答案。

「修元，別哭。」

我沒有哭，雖然心裡發酸，卻依舊忍著淚，任她在我懷裡，開始胡言亂語起來，而身體的溫度也逐漸降低。

「對不起啊……讓你來動手，很痛苦吧？對不起啊……」

我低著頭，沉默，我聽到她說話的聲音越來越輕，於是便低下頭，讓她的嘴離我的耳朵再近一些。

近一些。

再近一些……

當我的耳朵幾乎就要碰到她的嘴脣時，我聽到她模糊不清、最後的一句話——

「差一點……就讓你追到了啊……」

這句話話音一落，我便發現不遠處的玻璃瓶變得更亮了。螢火蟲般的光點變得耀眼，數量也越來越多了，在已經徹底暗下來的公園裡，使勁散發自己的光芒。

而後，那朵一直沒有盛開的天堂鳥，那朵我不願意再見，卻依舊忍不住再去看的天堂鳥——

悄然綻放。

在綻放的那一瞬間，更多的光點從花蕊裡迸出，如同蒲公英的種子那般散開，但卻被鎖在玻璃瓶裡。

「妳看到了沒啊，這才是開花。」

我緊緊抱著開始變冷的軀體，想用自己的體溫，讓她冷得不是那麼的快。玻璃瓶裡的光點漸漸暗了下來，晴妍的軀體終究還是變得冰冷。我低下頭，看著她的臉，卻發現她的嘴角好像帶著笑，可眼角卻噙著淚。

「妳都說了差一點……就差這麼一點，妳卻連這點時間都不給我嗎？」

「嗷嗚～～～」柴柴悲愴地對著夜空叫了起來，似乎在為遠去的靈魂送行。而在柴柴的叫聲中，我聽到熟悉的高跟鞋腳步聲。

那腳步聲由遠到近，最終在涼亭外停下。

「結束了？」

若嵐問道。

我不知所措地看著她，然後又低頭看著已然離去的晴妍，有心說沒有，卻哽在喉嚨沒有說出來。

若嵐等了半天，見我沒有回答，便點了點頭，「我去叫人。」

「等等！」

若嵐停下腳步，回過頭望來，「你還有什麼事要做的嗎？」

我搜刮了腦子裡所能想到的一切，卻終究不知道該如何作答，直到我低下頭，看到懷裡那張蒼白的容顏，如同哭累了被人哄睡的晴妍。

心裡驀然湧起一陣衝動。

於是便低下頭，向她的脣湊了過去……

滴……

一顆水珠落在晴妍安詳的臉上，我的嘴脣終究還是在碰到她之前停住了，可眼淚卻已然不聽話地出現，並落下。

「哈……哈哈……為什麼又是雙色口紅，妳太過分了啊……」

「抱歉。」若嵐在此刻出聲了，「我不該讓你接這個案子的。」

「……妳錯了。」

「……」

「這個案子，只能由我來。」我抱著晴妍，低聲說道：「她膽子太小，別人不行的。」

除了我，誰還能用罪惡感，來代替她那不足的勇氣呢？

除了我，誰還能如此溫柔地殺死她呢？

今天回家很晚，因為我在電車上坐過了站，一直到廣播說終點站到了，乘務員過來趕人，我才驚醒過來。

我茫然地下了車，只好再坐一趟車回去，路上走走停停，又去了申屠的店裡，我見到申屠新招的女店員，長得挺甜美的，笑容帶著點小可愛的味道。而申屠不在，我也沒什麼心情聊天，就買了些草莓牛奶回家。

可到了家門口，我才想起，家裡的草莓牛奶似乎才剛剛買過。分針剛過十一點，正當我打開門，以為家裡人都睡了的時候，卻發現餐桌旁邊，坐著父親穿著睡衣的身影。

「今天挺晚，加班加到現在？」

「嗯。」

「……」

「不好意思，我騙你的。」

「喔。」

「老爸，我失戀了。」

父親眨了眨眼，他看上去一點都不意外的樣子，只是站起來，從冰箱裡拿出兩罐啤酒，「今天你朋友送來的。」

「申屠？」

「嗯。」

「他送這個幹麼？」

「他說『男人失戀，不讓人陪著喝點酒，就和上廁所不擦屁股一樣』。」

我笑了笑，「老爸，你知道我不喜歡喝酒的。」

「我知道，我也不喜歡。」父親點點頭，按著啤酒，手指一動，「嗤」的一聲，拉環被他打開了，「那今天正好一起喝點。」

也不知道怎麼了，我雖然覺得這話的邏輯有問題，可卻暈頭轉向地答應下來。父親把啤酒倒進杯子裡，放到我面前。

啤酒倒得不多，連一半都不到。

「你甩人，還是人甩你？」父親的問題一點都不拐彎抹角，一點都沒有委婉的意思。

我忍不住苦笑：「比那更糟，我連追都沒追到。」

父親挑了挑眉，點點頭，「看來是個好女孩，你運氣不錯。」

「……這你都知道。」我瞥了他一眼，搖搖頭。拿起手上的啤酒杯，聞了聞味道，麵包般的香味從杯子裡傳來，深深吸了口氣，一咬牙，一口氣把倒了小半杯的啤酒一飲而盡。

帶著淡淡的苦味，小麥的香味從口腔裡一直流入胃袋，冰涼的氣息似乎暫時凍結了疲憊和傷感，讓我忍不住精神一振。

「都沒追到，還能看到你臉上有這樣的表情，自然是好女孩。」

「表情？什麼表情？」我忍不住摸了摸自己的臉。

「『可能永遠都走不出來』的表情。」

「……」我忍不住張了張嘴，想說沒老爸你說得這麼誇張，但卻沒什麼自信。

「你運氣真不錯，很多人一輩子也遇不到這樣的。」父親拿起杯子，抿了一點啤酒，隨即皺眉，站起來，然後從冰箱裡拿出一根吸管，如草莓牛奶一般吸起了啤酒。「所以，不用勉強自己一定要立刻走出來。」

「這可不像你說的話，老爸。」

「一道公式，任何一個步驟都不要輕易省略，一旦求快，容易算錯。」說到這裡，父親猶豫了一下，他掏出一只老舊的懷錶，輕輕一按，蓋子便被打開，露出他和媽媽的結婚照，都很年輕的樣子，「包括傷感。」

「……老爸，這麼多年了，你現在還傷感？」

「不會一點都沒有，不過習慣了，而且如果連最後一點點傷感都沒了，你還怎麼懷念？那多可惜。」父親臉上沒有什麼哀傷之意，只是手指不斷撫摸著已經被他摸得光溜溜的懷錶，「如果都沒人想她了，那她多可憐？」

說完這句，父親舉起杯子，對著我說道：「來，祝她們一路走好。」

「一路走好。」

父親一口乾了自己的半杯啤酒，我正想說話，就看到他——

「啪。」將腦袋重重地撞在桌子上，隨後，輕微的鼾聲響起。

啊，想起來了，他是滴酒就倒的。

正當我不知道該怎麼辦的時候，父親的房門開了，母親似乎等了很久，她緩步走到父親身邊，先將懷錶收起，好好地放到父親的睡衣口袋裡。

「修元，幫我一把。」

「啊？喔……」我慌忙應聲，幫助母親扶著父親進了臥室，把他放到床上。

母親小心地用薄被蓋住父親肚子以下的身體，而我忍不住瞅了瞅父親那微微鼓起的睡衣口袋。

「媽，妳知道爸爸一直帶著這個？」

「嗯，知道啊。」

「不介意嗎？」

「介意啊。」母親微微一笑，「所以越發覺得他是個好男人了。」

第十一章
余振的最後，無憾的一生

生活終究要回到正軌，晴妍沒有在最後的日子裡做出什麼破壞規定的事，從工作的角度上說，確實讓人安心了不少。

若嵐和許渝媛的態度對我也開始正常化，但開始的一個禮拜，我敏銳地感覺到，若嵐和許渝媛對我顯然有所顧忌。

兩人都沒有在工作上讓我操勞太多，甚至偶爾許渝媛還會給我買點慰問品來討好我。而最讓我感動的，就是許渝媛竟然連著三天都沒有塗指甲。

而若嵐雖然說話的口氣依舊直白而且沒有掩飾，鋒芒畢露，可卻一直沒有對我的工作表現出不滿，即便是我出了好幾次錯，她也依舊沒有說什麼。

高林讓我傳話給林專務的話，我也傳到了。林專務沒有對此表現出什麼緊張的意思，只是面露不屑，隨口敷衍一句知道了。

而我想要細問關於奧米勒斯教的事，林專務卻沒有給我太多的解釋。看他臉部的表情，與其說不耐煩解釋，倒不如說有所顧忌。

當我從林專務的辦公室走出來，回到座位上時，若嵐告訴我，在晴妍去世的兩週後，余振醒了，而現在，他想要在近期見我一面。

至於去還是不去，由我決定；畢竟公司和余振的契約在晴妍離去的那一刻，就已經結束了。我不打算拒絕，但不知為何，還是有些緊張。

我知道他已經清醒過來，可是從另一個角度說，既然他醒了過來，就說明因為晴妍的離去，保守治療已經失去了意義，所以便被停止了，醫院讓余振重新甦醒過來，因為他的時間已經不多了。

於是我在第二天下班後，就去了醫院。因為預約過了，所以我徑直走進余振的病房。

病房裡飄著淡淡的茉莉花香，保持著宜人的溫度，散發出一種讓人平靜下來的力量。

余振的一對兒女都在，我走進房間，向他們問了一聲好。余勇賢帶著疏離的笑容，禮貌地向我點點頭，算是打過招呼，而余夢燕則是毫不給面子地冷哼一聲。

「原來是你啊……」

我被她毫不掩飾的敵意弄得微微一愣，心想不知道自己到底哪裡得罪她了。

「別以為約個會，就是余家的女婿了。況且，我那大姐是複製人，沒有繼承權的，不要有什麼不切實際的幻想，警告你，別鬧事。」余夢燕冷笑著嗆我，讓我一下子有點猝不及防，「況且，這不是還沒成嗎？」

「夢燕，說話客氣點。」余勇賢皺著眉斥責了一聲，沒有做什麼補充，可也沒有反駁余夢燕的話。

「少來擺大哥架子，誰理你？」

我一下子明白了，不由得暗自皺眉，但看在晴妍的分上，我也不太好說什麼過分的話，只是輕聲說道：「你們多慮了，我沒有這樣的想法。」

「沒有最好。」余夢燕高傲地抬起下巴，哼了一聲，「就算有，我也……」

「你們兩個說完了沒有？」

病房裡傳來老人滿含怒氣的聲音，「都不要臉了是吧？啊？」

余勇賢和余夢燕頓時臉色微微一變，可還不等他們說什麼，便聽到老人冷冷地說道：「出去。」

「爸，我……」余勇賢剛要開口，老人就怒哼了一聲——

「我是不是得加個『滾』字，你們才肯出去？」

兩兄妹無奈，只好出去，在和我擦肩而過的瞬間，余勇賢沒有和我打招呼；至於余夢燕，冷笑著瞥了我一眼，才慢悠悠地走出去。

當他們出去後，我才開始打量剛才霸氣十足把兒女趕出去的老人。余振面容枯瘦，眼睛混濁，面相卻透著三分冷厲的味道，加上他的背景，讓人覺得在他身體好的時候，是個雷厲風行的開拓者。

不過當他兒女的腳步聲遠去，他臉上的冷厲卻迅速消退，對我苦笑一聲，說：「兩個不成器的東西，見笑了。」

「不，哪裡。」我也覺得有點尷尬，有點談戀愛見父母的緊張感。

值得驚訝的是，第一次見到余振時，他虛弱地近乎奄奄一息；而這一次，雖然他身體依舊虛弱，可卻精神了不少。

至少，他說話可以讓我很清楚地聽見了。

我有些好奇他的變化，因為即便保守治療就此停止，應該也不會輕易地讓他的病況有多大改善，他的身體也沒有辦法繼續做什麼手術。

好像在近期，他得到了一股新的力量那般。

「原來你就是鄭修元啊。」老人有些感嘆，似乎沒想到是我，「我記得你，上次來的也是你，喔，還有另一個女的是吧。」

嗯？他找我，卻不知道我是誰嗎？

「呃，沒錯，是我，請問老先生你……」

「我女兒的信裡說，你在追她。」

我頓時感到無比尷尬，臉頰發燙，卻又不好意思說是晴妍的要求，只好坐立不安地點點頭。

「不必緊張，我很感謝你，讓她在最後的日子裡過得不錯。」

「不，哪裡……」

「可以告訴我，她最後的樣子？她在信裡把很多事說得輕描淡寫，可是我想知道，她最後到底是怎麼走的。」

我自然不會拒絕，不僅是最後，我從第一次和她見面開始，一直到最後，她在公園的那個涼亭裡閉上雙眼，都一五一十地告訴了余振。

期間，他有過笑容，有過哀傷，還偶爾對我占他女兒便宜的行為開玩笑似地表示不悅。當我把一切都說完的時候，他嘆了口氣，點點頭，「原來她是這麼想的啊……想把命還給我？」

「嗯，她希望能對您有所補償，她是個好女孩。」

「她從小就是個好孩子，是我這個當老爸的沒用而已。」余振搖搖頭，混濁的眼裡浮現出追憶的色彩，「我的前妻因為身體的問題無法生育，她是我和前妻從孤兒院抱養的孩子，結果養了沒幾年，她的身體就出毛病了。聽醫生說，她的腎臟天生就有問題，當時家裡過日子還行，要治她的病……」

說到這裡，余振搖搖頭，嘆了口氣。

我點點頭，「她和我說過，她也沒有怪你。」

「孩子身上發生這種事，她不怪，父母怎麼會不自責呢？肯定會懊悔自己為什麼沒把孩子照顧好啊，而且……當時我和前妻也沒有把她的身世告訴她，我們原本打算在她長大後，再考慮要不要告訴她真相的。」

余振說到這裡，乾咳了幾聲，我連忙走到一旁，倒了一杯溫水，扶著老先生讓他一點點喝下。他感激地對我點點頭，又繼續說：「當時她才五歲，得了這個病，一直說難受，不舒服，還哭著要回家。但我們沒辦法，一邊哄她，一邊咬著牙去找她的親生父母，結果你也知道，我們一直沒找到，找到的話，晴妍可能就不會死了。

在醫院時間長了，也有了病友，有一次她隔壁病床來了個十幾歲的大姐姐，和她得了一樣的病，我們還拿那個大姐姐給她做榜樣，希望她能堅強。」

說到這裡，佘振突然露出了痛苦的神情，「後來，那個大姐姐被治好了，晴妍很羨慕，她問我，她什麼時候可以治好？我就騙她，只要她乖一點，就會被治好……可我心裡明白，人家能被治好，是因為人家的父母，不僅經濟條件好，而且他們有血緣關係，可以給自己的女兒換腎。」

「……」

「我和前妻早就問過醫生，可以不可以拿我們的做手術，結果化驗之後，說我們兩個都不合適。於是我們只好一邊給晴妍住院洗腎，一邊等著不知道什麼時候才有的捐贈。

到了後來，錢用得差不多了，我前妻一方面是心疼孩子，一方面確實是撐不下去了，她就想讓我放棄，我本來也同意了……可是在當天要簽字的時候，那孩子、那孩子……」

余振的眼眶泛淚，眼裡的傷感抑制不住，眼淚流了下來，「那孩子抓著我的手，說：『爸爸，小妍難受，救救我』……所以那字，我最終、最終還是簽不下去。因為那一次，我和前妻大吵了一架，也因為那一次，我們離婚了。我當時心裡想的就是，我什麼都沒了，就剩一個女兒，只要有腎源，我什麼都能做，搶銀行我都敢！」

說到最後一句，我從這個老人的眼裡看到了近乎瘋狂的偏執，他的表情甚至有些猙獰。

彷彿為了女兒，他可以變成人世間最可怕的惡魔。

但隨後，老人的語氣就變得無力起來，「可是啊，哪怕我最後存款都用光了，開始借錢，我東湊西湊，找遍了親戚和朋友，一直借到山窮水盡，一直借到沒有一個人敢接我的電話，捐贈還是沒有等到，我連晴妍的住院費都快要繳不起了。這老天爺，是一點機會都不給我。

而晴妍這孩子也聰明，我和她媽媽離婚的事，一直瞞著她，但她也從我前妻來得越來越少的跡象裡感覺到不太對，她也感覺到我和她媽媽關係好像不好了。有一天，她突然抓著我說：『爸爸，小妍不治了。』我當時也沒多想，就說她這麼不聽話，怎麼治得好病呢？結果她卻用一種很天真很天真的語氣跟我說：『因為家裡沒錢了啊。』我當時也不知道怎麼了，前所未有的生氣，我哭著罵她不聽話，罵她不乖。」

余振顫著聲音，老人沙啞的嗓音裡帶著濃重的哭腔：「結果我一罵她，她也哇的一聲就哭出來了，可是她因為身體不好，居然連哭都哭得不夠大聲，她問了我一句話──

『爸爸，是不是小妍不乖，媽媽才走的啊？如果小妍不治了，媽媽是不是就回來了？』」

余振說到這裡，哭得泣不成聲，我也忍著心中的酸楚，忍著心裡的異樣，第一次從內心深處責怪來自潔癖屬性的折磨，拿出一旁的紙巾給老人擦了擦。良久，待老人平復下來，我就讓他別說了，可余振顯然很固執。

「我再不說，就沒有人會說了，我一走，還有誰能記得她啊？她那兩個掉進錢眼裡的弟弟妹妹嗎？」

聽聞此言，我也只好作罷。況且我也十分在意，晴妍的另一個「最後」究竟是什麼樣的。

「後來，我去找已經有段時間不見的前妻，去了她老家，想讓她再去見見晴妍，可是打電話她不接，門也不開；結果要走的時候，我從窗簾的縫隙裡，看到她懸在屋梁上。」

余振嘆了口氣，他沒有對前妻有絲毫的恨意，甚至神情滿是憐憫，「後來我打聽了才知道，離婚後，大家都說她的不好，說她拋棄女兒丈夫，沒有廉恥什麼的，所以一時想不開，就……她是個好女人，這事，其實不怪她的。」

說到這裡，余振滿是惋惜地搖搖頭，但隨後便苦笑起來，「這事我自然沒法和晴妍說，甚至複製後的她，我也沒說，否則，恐怕她會更不好受吧。

這事歸根究柢，是我這個男人沒用，在需要扛責任的時候，卻沒扛住，結果老婆離了、死了，女兒也快死了，我跪在醫院裡求醫生，可欠的醫藥費太多了……

他們也沒法答應。所以後來，我拿最後借到的一筆錢，買了安樂死的藥，抱著女兒出院，說要帶她出去玩，她很開心。最後，就去了那個公園……我也只能去那個公園，那是最近的，因為當時，我連車錢都不夠，那裡是最近的一個免費公園。」

余振的嘴脣微顫，顯然即便到現在，他也為自己當時的舉動感到了極度的羞恥，「我抱著她坐在鞦韆上輕輕地搖，我想等她玩累了，再把藥騙進她嘴裡……因為我實在沒勇氣對她說我們家治不起了，這簡直和對著她說『爸爸不要妳了』沒什麼分別。我想著，如果真要送她走，得讓她笑著走……可這丫頭聰明啊，是真聰明！」

余振不斷稱讚幼年晴妍的聰慧，滿臉的寵溺和驕傲，一邊讚著，一邊又哭出聲來，「我餵她吃藥的時候，我猜她看出什麼來了，她很乖地吃了藥，然後對我說：『爸爸，以後我不能陪你的話，你不能哭喔，再生個弟弟妹妹陪你吧』。」

余振此時，再一次哭得涕淚縱橫，我只好再次給他清理一下，而他則斷斷續續地說道：「就和你這次一樣，她……她就是在那個公園，在我懷裡走的。」

「……是嗎？那的確，這是最適合她的走法了。」我忍不住感嘆了一句。

「嗯，過了些年，自治市開放了複製人，也是從那時候開始，我努力賺錢……想把女兒要回來，因為那時候的價格，真的挺貴的。」

余振說到這裡，聲音變得消沉，「可等到我賺到錢了，這價格倒反而下來了，中間的時間花了太久，我這身體也不爭氣……沒能讓晴妍多享幾年福。

哎，也不知道這裡有幾分是我沒用，又有幾分真的是命不好呢？」

聽完余振這位老先生所說的過去，我自然明白了為何這個男人對複製晴妍有這麼強的執念，恐怕之後賺錢的動力，都是來自於這一次的打擊。

從某種角度上說，晴妍並沒有說錯，她的存在，毀掉了這個男人人生中的一部分。可這個角度終歸過於片面。

因為晴妍，確實讓人沒有辦法割捨；甚至可以說，晴妍的存在，才是讓余振這個妻女皆亡的光棍，咬著牙重新站起來的原動力。

因為他想聽晴妍的話，找到新的妻子，給她生個弟弟妹妹。不僅如此，在最初複製人導入市場的那幾年，昂貴的製造費用讓大部分人望而卻步。

他想把自己的女兒找回來，哪怕多活一天都好。而在晴妍被複製之後，他付出了一切去寵愛這個讓他感到無比愧疚的女兒，甚至有了讓剩下兩個孩子感到不舒服的偏心。

他對這些需要付出的一切都不在乎。

因為他知道，他的女兒沒有未來。

他只是想知道，如果當時他的女兒活下來的話，長大後到底會是什麼樣子。

對於父母來說，能看到孩子長大的樣子，是一種無法代替的滿足。

當我和這個老人，互換了關於兩次晴妍離去的狀況後，談話也到了尾聲。老人滿足地在床上躺平，然後從枕頭後面，抽出一封藍白信封給我。

我愣住了，「這是？」

「她寫了兩封信，一封是給我的，一封是給你的。」

她為什麼不在當時給我？

我心裡滿是疑惑地接過，隨後聽到老人的解釋——

「她說，如果在她走了之後，我叫你來，你願意在一個星期內過來的話，就給你這封信。」

言下之意便是如果我來晚了，恐怕就沒有這封信了。

我道了聲謝，便從醫院離開，走著走著，竟然又走到了那個公園，我走進涼亭，發現有個小攤販在涼亭邊賣着食物，我不用看就知道他賣的是什麼，空氣中的異味，讓我忍不住皺了皺眉。

「帥哥不習慣這味道喔？來一盒吧，吃一吃你就不會覺得難受了！」也不知道是生意太差，還是老板根本不在意，直接從攤子上俐落地包了一盒向我遞過來。

「我跟你說，一旦學會享受，就是打開了一扇新的大門啊！」

我有心拒絕，但腦海中突然浮現第一次和晴妍吃飯排隊的事。

「妳很喜歡這家店？」

「沒有啊，就一般般。」

明明不喜歡，卻依舊那樣排著，讓我無法理解，就如同……我也不理解，為什麼我會笑著接過老闆遞過來的臭豆腐。

我在涼亭裡坐下，瞥了一眼亭外，地上已滿是黃色的花瓣，但不少已然乾枯，想必從上次開始，就沒有人過來打掃。

我拆開信，看到了滿滿一頁娟秀的字跡——

「修元，好久不見。

近來可好？

在和你面對面的時候，偷偷寫這封信有些怪怪的。我不知道你會不會看到這封信，但是，姑且就當你會看到吧，因為我對自己的魅力很有信心（好啦，玩笑）。

首先，我得說——你這個輕描淡寫就改變人家人生軌跡的不負責渣男！」

渣男？想了想她最終在自己懷裡，而我差點親下去的回憶，不由得感到一陣心虛——沒親到應該不算吧？

「小時候，因為你，我變成了之後被孤立的女生，雖然我並不後悔，況且爸爸對我很好，這就夠了；但終究是因為複製人的關係，很多時候有各式各樣的不便。

爸爸把我看得很緊，每個上門來找我玩的男生，他都會嚴格地盤問。從小到大肯定有男生對我有好感，我也有自己覺得不錯的男生，可每次一想到自己的複製人身分……最終都還是算了。

後來爸爸生病，我以為自己的這一生應該差不多要結束的時候。你這個輕描淡寫改變人家人生軌跡的渣男，竟然出現了。

是的，我第一眼就認出你了，可你卻完全不記得我。

於是，我想了一個報復你的惡作劇。

讓你來追我。

老實說，當你聽到我讓你來追我的時候，你腦子有沒有閃過『啊，這個女孩可能是對我一見鍾情了』的想法？

哈哈！不要臉！誰會對你一見鍾情啊！」

我忍不住苦笑，卻不得不承認當時心裡的確有過這個讓我羞愧到無地自容的想法。

「這個劇本，從開始就已經決定好了——你是追不到我的。

因為美少女的自尊心，可不允許在短短一個月內就被你攻破。況且，因為客戶的要求，不甘不願當作工作來追我的態度，怎麼可能會追得到我這樣的女生呢？

所以，我只是想在最後的時間裡，好好玩弄你一番而已。

我就是這麼想的，可是，可是啊修元，你讓我不由自主地改變了主意，這是你第二次讓我改變了。

因為我發現，你竟然不把這件事當作工作，而是當作生活了。

本來到了要走的前一天，我想和你好好玩一天的。可最後出了意外，你知道了我第二天的預定。

所以，忍不住乾脆破罐破摔，提了一個任性的要求，我想要你親自送我。

對不起，我知道這很殘忍，但我想，如果是那個面對三個人都不肯跑的男孩子，應該也不會跑吧？

而到了那一天，我知道我猜對了，你依舊是國小那個被人打得鼻青臉腫，卻仍然不肯跑的孩子，帥呆了XD。

可我還是很怕，而你卻給了我一個驚喜。讓我知道，眼前的男生遠比曾經那個孩子更為堅強。

你說你願意幫我。

你願意親手殺死一個被你追求的女生。

謝謝。

餵我吃藥的時候，很痛苦吧？

對不起。

我被你改變了人生，所以我知道，如果你真的願意陪我，甚至在最後願意殺死我，那麼……我應該也能夠改變你的人生了吧？可我無法確定這件事，所以在最後一天，我當著你的面，留下這封信。

修元，我改變了你的人生嗎？」

看到這裡，我忍不住瞥了一眼放在身邊的那盒臭豆腐——這算是改變了吧？

「你好幾次問我，到底什麼時候才能讓我承認你追到我了？
我現在就告訴你。
在你承認你喜歡我的時候，我就是你的。
可惜，這麼長時間下來，我能感覺到，可就是一直沒有聽到你說這句話。
你這渣男，你不說，我永遠都不會認可你追到我的。
請在以下的空白處寫回答後一起燒掉。
修元，你喜歡我嗎？
（　　）」
我抿著嘴，把信闔了起來，心底不由慚愧萬分。在晴妍最後的那段時間裡，我在工作和情感上掙扎了太久。
就像中屠所說，我用工作遮掩了自己的懦弱，從而錯失了一場最終必然分開、但足夠甜美的戀愛。

看到了那封信之後，好像有一根一直勒在心臟上的繩子就這麼鬆了。我的生活再一次回到了日常，在家主要和小妹蕊兒的頭髮鬥，去公司則主要和許渝媛的指甲鬥。

包括若嵐在內，很多人似乎都鬆了一口氣。程源在之後開玩笑說，前一段時間我像天天丟了錢一樣讓人沒法接近。

複製人監察廳在之後的幾個月，時不時地來找麻煩。不過好在秀明的事已被壓下，而近期的晴妍，收尾工作也做得不錯，算是平安度過，甚至還寄來了客戶的感謝狀。

對此，哪怕是熱衷於找碴事業的高林，也一下子沒有辦法說什麼，只是把重心放在奧米勒斯教上。

至於為什麼重視這個沒有被官方承認的宗教。很大原因是，這個本來一直只面對複製人的宗教竟然出現了一般人的成員。

甚至出現了一般人自殺未遂的事件。可由於證據不足，還沒有辦法肯定奧米勒斯教和那起一般人自殺未遂有沒有關聯，自然也沒有辦法派出足夠的警力去應對，更別說勒令第二人生公司去回收那些奧米勒斯教的信徒複製人。

於是，目前公司和市立複製人監察廳陷入了沒有止盡的拉扯階段。而面對這種麻煩，但又不會有什麼特別好處的事，自然交給了公司董事會裡的最大閒人林蕭然負責。

所以每回碰到他，雖然依舊會被他層出不窮的妹控大法搞得焦頭爛額，但他顯然沒有太多空閒，大多只是嘴上嚇嚇人，至於辣味咖啡之類的東西，卻是再也沒喝到了。

回到家，申屠來了一通電話。

「怎麼了？」

「你的包裹到了，有空過來拿一下。」

「包裹？我最近沒買東西啊。」

「你問我我問神仙啊？總之就是你的，你過來拿一下就知道了。」申屠的聲音滿是濃濃的不耐煩。

於是我只好下了樓，和申屠打了聲招呼，打斷了他不斷追求女店員，讓女店員無比緊張的攻勢。

他滿臉憤怒地走到我面前，把我的包裹往桌上一丟，「我差一點就可以攻陷那個女生了，都是你在瞎打岔！」

我的眼角餘光看到他背後，那位女店員正充滿感激地對我雙手合十，彷彿我是救她出火海的大慈大悲觀世音菩薩，不由得呵呵兩聲，「仁兄吹牛功力日漸深厚，想來不假時日即可入臭不要臉自嗨意淫之境。」

「……放屁！」申屠怒喝一聲，然後指著桌上的包裹，「拿了東西簽完字快滾！」

我哼了一聲，抱起包裹就走。

「等等。」申屠突然叫住我。

我疑惑地轉過身，「怎麼了？」

「呃，就是那個，唔，我老家不是養鴨子的嗎？祖傳的。」申屠一下子變得扭捏起來，吞吞吐吐的說不出一句完整的話，「養殖業嚴格來說屬於理科的嘛，所以不大會說話。」

我一頭霧水，只覺得自己正在面對一個不知道是不是想入侵地球的M78星雲（註2）的外星人「……你到底想說什麼啊？」

「你前段時間，好像情緒不大對，我不敢跟你講太多話啦。」

「……請簡單扼要，謝謝。」

「我上次電話裡對你說的話，你別太放在心上。」

我聞言，不由得愣了一愣，隨後搖搖頭，「你沒說錯，是我懦弱了些，不必道歉。」

這句話倒是讓申屠有些驚訝，他上上下下打量我很久，一直到我渾身雞皮疙瘩不舒服的地步。

註2《超人力霸王》系列中出現的虛構星雲。

「幹麼？」我不自在地問道。

「失戀果然是成長催化劑啊……整天只知道在我店裡挑刺的人居然會這麼虛心承認錯誤。」

我聞言不由得冷笑，「喔，是嗎？但為什麼在你身上看不到多少長進啊？」

回到家裡，小妹蕊兒看到我拿著這包裹，好奇地問了一句：「這什麼啊？是買給我的嗎？」

我對她翻了個白眼，表示她實在想太多，隨後從客廳桌子裡拿出一把剪刀。

將包裹打開之後，蕊兒驀然發出一聲驚歎——「好漂亮啊！」

而我也愣住了。

包裹裡放著的，是屬於晴妍的那朵天堂鳥。

天堂鳥保持著綻放的姿態，在瓶子裡懸停，當初螢火蟲般的光芒已然熄滅，一眼望去，這彷彿是一朵被鑲嵌在水晶裡的花。

時間彷彿在裡面就此定格。

事實上也確實如此，只要瓶子不碎，這朵花只會把最美好的一面留在瓶子裡永遠也謝不了。

怎麼回事？

正發著愣，手機又響了起來，是若嵐打來的。

「怎麼了？」我問道。

「跟你說一聲，余振老先生在昨天去世了，他們好像有東西要給你，你注意查收一下。」

「……好的。」

我沉默地將裝著天堂鳥的玻璃瓶捧出，而後發現底下還有一張字條，字條上只有一句話。

我的女兒，就拜託你保管了。

「老哥，這是什麼啊？」蕊兒在一邊盯著天堂鳥，表情迷醉地問道，小女生對這種宛若童話般的美麗飾品沒有什麼抵抗力。

「天堂鳥，屬於一個女生的天堂鳥。」

「女生？」蕊兒頓時來了興趣，她興致勃勃地問：「女朋友嘛？」

「……嗯，希望是。」

「希望是？」蕊兒頓時滿臉疑惑，「什麼意思啊？」

「我寄了信，但再也得不到回覆了。」

蕊兒撇了撇嘴，「喔，那老哥你就是完全被甩了嘛！」

我沉默地笑著，然後撫摸天堂鳥的瓶子，在心底輕嘆——

是啊，被甩在這個世上了。

下輩子，可千萬別這麼調皮了，晴妍。

後記

久違的戀愛主題，不知道這次各位可還算滿意？

這一集拖了不少時間，因為是研究所的最後一年，有不少事要處理，論文的壓力也不小。所以給合作的人都添了不少麻煩。

寫完的時候，我已經畢業了，從今往後便脫離了學生身分，算是一個社會人了。我在大三的時候，以千川的身分進入臺灣出版界，一晃眼，我已經連研究所的碩士課程都念完了。

期間寫的書不算多，也不算少，也沒有寫很多關於戀愛主題的故事。即便寫了，很多時候也不是特別滿意，可戀愛主題對我來說和別的主題不一樣。

這個主題需要太多源自於情緒上的靈感，否則寫出來，總覺得乾巴巴的沒有味道。所以這本書一開始是沒有戀愛元素的。

我只是看了一篇關於孩童絕症的報導，以及在前任編輯酥酥的閃光彈刺激之下所誕生的靈感，突然湧現了想寫融入戀愛主題的一集。

不知道這一集算不算成功，但我已經盡力，希望能把自己所思所想的事，完整地傳遞給各位。

這顯然是一集不太正常的戀愛主題，竟然以殺死目標來表達愛意。當初想到這個方式的時候，自己也嚇了一跳，感覺自己靈魂深處可怕的一面。

但不得不說，我覺得很有趣，寫得很投入，所以在最後幾個章節裡，我不得不時停下寫稿的手，因為情緒真的濃烈到讓我寫不下去了。

雖然寫得還算順，但對我個人來說，卻真的是需要堅強心志的一集，希望各位能喜歡。

另外，和以前一樣，系列裡都是有一條主線的伏筆在，希望各位仔細看，以後會一點點的揭露。我也看到網路上有讀者已經預測出部分真相以及覺得疑惑的地方。

必須感嘆現在的讀者越來越厲害了，有一種寫得再多就會出現劇透的情況，看來以後需要小心。

因為畢業了，自然要面對生存壓力。目前姑且想試試看全職作家之路，我知道這條路不好走，但我也知道如果我不走，一定會後悔的。

所謂人生，我覺得就是要盡可能地讓以後自己不會出現「也許曾經有機會有一個更棒的人生」的想法。

所以雖然惶恐，但我依舊期待。希望看我的書的讀者們也是如此。

鄭修元改變了余晴妍的人生，而余晴妍也改變了鄭修元的。我被很多小說改變了想法，所以自然也忍不住寫了小說，試圖去改變你們。

當然，這只是我有些狂妄的個人願景。

願我們能以如履薄冰之心，行披荊斬棘之事。

二〇一八年，對我來說新的階段，已經開始了，共勉。

千川

東京　2018年4月25日

國家圖書館出版品預行編目資料

人生售後服務部 / 千川作. -- 1版. -- [臺北市]：
尖端出版, 2018. 5-
冊； 公分
ISBN 978-957-10-8064-2 (第2冊：平裝)

857.7 107001256

翼想本

人生售後服務部2

著　者／千川
發 行 人／黃鎮隆
副總經理／陳君平
副　理／洪琇菁
執行編輯／洪琇菁
企劃宣傳／邱小祐、劉宜蓉
封面插畫／Ooi Choon Liang
美術編輯／方品舒
國際版權／黃令歡
文字校對／施亞蒨
內文排版／謝青秀

出版／城邦文化事業股份有限公司 尖端出版
台北市中山區民生東路二段一四一號十樓
電話：（〇二）二五〇〇—七六〇〇
傳真：（〇二）二五〇〇—二六八三
E-mail：7novels@mail2.spp.com.tw

發行／英屬蓋曼群島商家庭傳媒股份有限公司城邦分公司 尖端出版
台北市中山區民生東路二段一四一號十樓
電話：（〇二）二五〇〇—七六〇〇（代表號）
傳真：（〇二）二五〇〇—一九七九

中彰投以北經銷／楨彥有限公司
(含宜花東) 電話：（〇二）八九一九—三三六九
傳真：（〇二）八九一四—五五二四

雲嘉經銷／威信圖書有限公司 嘉義公司
電話：（〇五）二三三—三八五二
傳真：（〇二）二三三—三八六三

南部經銷／威信圖書有限公司 高雄公司
客服專線：〇八〇〇—〇二八—〇二八
電話：（〇七）三七三—〇〇七九
傳真：（〇七）三七三—〇〇八七

香港經銷／城邦（香港）出版集團有限公司
香港灣仔駱克道一九三號東超商業中心1樓
電話：（八五二）二五〇八—六二三一
傳真：（八五二）二五七八—九三三七
E-mail：hkcite@biznetvigator.com

新馬經銷／城邦（馬新）出版集團Cite（M）Sdn. Bhd.
E-mail：cite@cite.com.my

法律顧問／王子文律師 元禾法律事務所
台北市羅斯福路三段三十七號十五樓

二〇一八年五月一版一刷
二〇二〇年三月一版二刷

■中文版■

郵購注意事項：
1.填妥劃撥單資料：帳號：50003021戶名：英屬蓋曼群島商家庭傳媒(股)公司城邦分公司。2.通信欄內註明訂購書名與冊數。3.劃撥金額低於500元，請加附掛號郵資50元。如劃撥日起 10～14日，仍未收到書時，請洽劃撥組。劃撥專線TEL：(03)312-4212 ・ FAX：(03)322-4621。E-mail：marketing@spp.com.tw

翼想本

翼想本